Walter Benjamin
Denkbilder

Suhrkamp

Klimaneutral
Druckprodukt
ClimatePartner.com/14438-2110-1001

4. Auflage 2022

Erste Auflage 1994
suhrkamp taschenbuch 2315

Umschlaggestaltung: Göllner, Michels, Zegarzewski
Umschlagfoto: Charlotte Joël-Heinzelmann
Druck: CPI books GmbH, Leck
Printed in Germany
ISBN 978-3-518-38815-0

www.suhrkamp.de

suhrkamp taschenbuch 2315

Walter Benjamins *Denkbilder* überführen »mit lautlosem Kichern die gewaltigen Uransprüche der prima philosophica ihrer Hohlheit«, wie Theodor W. Adorno sagte.
Die klugen Satiren, Polemiken und Glossen zeigen den großen Intellektuellen als Schriftsteller aus der Schule von Karl Kraus, die an Tagesereignisse anknüpfenden Berichte als unbestechliche Beobachter und Kritiker des öffentlichen Lebens der Golden Twenties. Diese *Denkbilder* – alle konventionellen Grenzen zwischen philosophischer, künstlerischer und journalistischer Produktion sprengend – formulieren Erfahrungen, die auf Reisen gewonnen wurden, und geben Betrachtungen wieder über das Lesen, das Sammeln, das Erinnern und das Träumen.
Walter Benjamin, geboren am 15. Juli 1892, studierte in Freiburg, Berlin, München und Bern Philosophie und lebte nach seiner Promotion als freier Schriftsteller und Übersetzer in Berlin. Er emigrierte 1933 nach Frankreich und wurde Pariser Mitglied des nach Genf und später nach New York verlegten Instituts für Sozialforschung. Am 27. September 1940 nahm er sich auf der Flucht vor den deutschen Truppen in dem spanischen Grenzort Port Bou das Leben.

Inhalt

NEAPEL wurde gemeinsam von Walter Benjamin und Asja Lacis verfaßt.

Walter Benjamin und Asja Lacis

Neapel

Vor einigen Jahren wurde ein Priester, unsittlicher Vergehungen halber, auf einem Karren durch die Straßen Neapels gefahren. Unter Verwünschungen zog man ihm nach. An einer Ecke zeigte sich ein Hochzeitszug. Der Priester erhebt sich, macht das Zeichen des Segens, und was hinter dem Karren her war, fällt in die Knie. So unbedingt strebt in dieser Stadt der Katholizismus aus jeder Situation sich wiederherzustellen. Verschwände er vom Erdboden, dann zuletzt vielleicht nicht aus Rom, sondern aus Neapel.

Nirgends kann dieses Volk seiner reichen, aus dem Herzen der Großstadt selbst erwachsenen Barbarei gesicherter nachleben als im Schoße der Kirche. Es braucht den Katholizismus, denn mit ihm steht eine Legende, das Kalenderdatum eines Märtyrers, legalisierend noch über seinen Exzessen. Hier wurde Alfons von Liguori geboren, der Heilige, der die Praxis der katholischen Kirche geschmeidig gemacht hat, sachverständig dem Handwerk der Gauner und Huren zu folgen, um in der Beichte, deren dreibändiges Kompendium er schrieb, es mit gespannteren oder läßlicheren Kirchenstrafen zu kontrollieren. Sie allein, nicht die Polizei, ist der Selbstverwaltung des Verbrechertums, der Kamorra, gewachsen.

So denkt denn, wer geschädigt ist, nicht daran, die Polizei zu rufen, wenn ihm daran gelegen ist, wieder zu dem Seinen zu kommen. Durch bürgerliche oder priesterliche Mittelsleute, wo nicht selbst, geht er einen Kamorristen an. Durch ihn vereinbart er ein Lösegeld. Von Neapel bis Castellamare, längs der proletarischen Vorstädte, zieht sich das Hauptquartier der festländischen Kamorra. Denn dieses Verbrechertum meidet Quartiere, in denen es sich der Polizei zur Verfügung stellen würde. Es ist verteilt über Stadt und Vorstadt. Das macht sie gefährlich. Dem reisenden Bürger, der bis Rom sich von Kunstwerk zu Kunstwerk wie an einem Staket weitertastet, wird in Neapel nicht wohl.

Man konnte die Probe darauf grotesker nicht machen als durch Einberufung eines internationalen Philosophenkongresses. Spurlos fiel er im Feuerdunst dieser Stadt auseinander, während die Siebenhundertjahrfeier der Hochschule, zu deren blecherner Gloriole er verschrieben worden war, unter dem Getöse eines Volksfestes sich entfaltete. Klagend erschienen auf dem Sekretariat die Geladenen, denen Geld und Ausweispapiere im Handumdrehen entwendet waren. Aber besser findet auch der banale Reisende sich nicht zurecht. Baedeker selbst vermag ihn nicht zu begütigen. Hier sind die Kirchen nicht zu finden, die besternte Plastik steht im jeweils abgesperrten Museumsflügel, und vor den Werken der einheimischen Malerei warnt das Wort »Manierismus«.

Nichts ist genießbar als das berühmte Trinkwasser. Armut und Elend wirken so ansteckend, wie man sie Kindern vorstellt, und die närrische Angst, übervorteilt zu werden, ist nur die dürftige Rationalisierung dieses Gefühls. Wenn wirklich, wie Péladan sagte, das neunzehnte Jahrhundert die mittelalterliche, die natürliche Ordnung für die Lebensbedürfnisse des Armen verkehrte, Wohnung und Kleidung verbindlich gemacht wurden auf Kosten der Nahrung, so hat man hier diesen Konventionen gekündigt. Ein Bettler liegt gegen den Bürgersteig gelehnt auf dem Fahrdamm und schwenkt wie Abschiednehmende am Bahnhof den leeren Hut. Hier führt das Elend hinab, wie es vor zweitausend Jahren in die Krypten führte: noch heute geht der Weg zu den Katakomben durch einen »Garten der Qualen«, noch heute sind die Enterbten darinnen Führer. Beim Hospital San Gennaro dei poveri ist der Eingang ein weißer Gebäudekomplex, den man in zwei Höfen passiert. Zu beiden Seiten der Straße stehen die Bänke der Siechen. Den Heraustretenden folgen sie mit Blicken, die nicht verraten, ob sie ihnen ans Kleid sich klammern, um befreit zu werden oder unvorstellbare Gelüste an ihnen zu büßen. Im zweiten Hof sind die Kammerausgänge vergittert; dahinter stellen die Krüppel ihre Schäden zur Schau, und der Schrecken verträumter Passanten ist ihre Freude.

Einer der Alten führt und hält die Laterne dicht vor ein Bruchstück frühchristlicher Fresken. Nun läßt er das hundertjährige Zauberwort ertönen »Pompeji«. Alles, was der Fremde begehrt, bewundert und bezahlt, ist »Pompeji«. »Pompeji« macht die Gipsimitation der Tempelreste, die Kette aus Lavamasse und die lausige Person des Fremdenführers unwiderstehlich. Dieser Fetisch ist um so wundertätiger, als ihn die wenigsten von denen je gesehen haben, die er ernährt. Begreiflich, daß die wundertätige Madonna, die dort thront, eine nagelneue kostbare Wallfahrtskirche bekommt. In diesem Bau und nicht in dem der Vettier lebt Pompeji für die Neapolitaner. Und immer wieder kommen Gaunerei und Elend schließlich dort nach Hause.

Phantastische Reiseberichte haben die Stadt betuscht. In Wirklichkeit ist sie grau: ein graues Rot oder Ocker, ein graues Weiß. Und ganz grau gegen Himmel und Meer. Nicht zum wenigsten dies benimmt dem Bürger die Lust. Denn wer Formen nicht auffaßt, bekommt hier wenig zu sehen. Die Stadt ist felsenhaft. Aus der Höhe, wo die Rufe nicht heraufdringen, vom Castell San Martino gesehen, liegt sie in der Abenddämmerung ausgestorben, ins Gestein verwachsen. Nur ein Uferstreifen zieht sich eben, dahinter staffeln die Bauten sich übereinander. Mietskasernen mit sechs und sieben Stockwerken, auf Untergründen, an denen Treppen herauflaufen, erscheinen gegen die Villen als Wolkenkratzer. In den Felsengrund selbst, wo er das Ufer erreicht, hat man Höhlen geschlagen. Wie auf Eremitenbildern des Trecento zeigt sich hier und da in den Felsen eine Türe. Steht sie offen, so blickt man in große Keller, die Schlafstelle und Warenlager zugleich sind. Weiterhin leiten Stufen zum Meer, in Fischerkneipen, die man in natürlichen Grotten eingerichtet hat. Trübes Licht und dünne Musik dringt abends von dort nach oben.
Porös wie dieses Gestein ist die Architektur. Bau und Aktion gehen in Höfen, Arkaden und Treppen ineinander über. In allem wahrt man den Spielraum, der es befähigt, Schauplatz neuer unvorhergesehener Konstellationen zu werden. Man meidet das Definitive, Geprägte. Keine Situation erscheint so, wie sie ist, für immer gedacht, keine Gestalt behauptet ihr »so und nicht anders«. So kommt die Architektur, dieses bündigste Stück der Gemeinschaftsrhythmik, hier zustande. Zivilisiert, privat und rangiert nur in den großen Hotel- und Speicherbauten der Kais – anarchisch, verschlungen, dörflerisch im Zentrum, in das man vor vierzig Jahren große Straßenzüge erst hineingehauen hat. Und nur in diesen ist das Haus im nordischen Sinn die Zelle der Stadtarchitektur. Dagegen ist es im Innern der Häuserblock, wie er, als sei es mit eisernen Klammern, an seinen Ecken zusammengehalten ist durch die Wandbilder der Madonna.
Niemand orientiert sich an Hausnummern. Läden, Brunnen und Kirchen geben die Anhaltspunkte. Und nicht immer einfache.

Denn die übliche Neapolitaner Kirche prunkt nicht auf einem Riesenplatze, weithin sichtbar, mit Quergebäuden, Chor und Kuppel. Sie liegt versteckt, eingebaut; hohe Kuppeln sind oft nur von wenigen Orten zu sehen, auch dann ist es nicht leicht, zu ihnen zu finden; unmöglich, die Masse der Kirche aus der der nächsten Profanbauten zu sondern. Der Fremde geht an ihr vorüber. Die unscheinbare Tür, oft nur ein Vorhang, ist die geheime Pforte für den Wissenden. Ihn versetzt aus dem Wirrsal schmutziger Höfe ein Schritt in die lautere Einsamkeit eines hohen geweißten Kirchenraums. Seine Privatexistenz ist die barocke Ausmündung gesteigerter Öffentlichkeit. Denn nicht in den vier Wänden, unter Frau und Kindern geht sie hier auf, sondern in der Andacht oder in der Verzweiflung. Nebenstraßen lassen den Blick über schmutzige Stiegen in Kneipen hinabgleiten, wo drei, vier Männer, in Abständen, hinter Tonnen verborgen wie hinter Kirchenpfeilern, sitzen und trinken.
In solchen Winkeln erkennt man kaum, wo noch fortgebaut wird und wo der Verfall schon eingetreten ist. Denn fertiggemacht und abgeschlossen wird nichts. Porosität begegnet sich nicht allein mit der Indolenz des südlichen Handwerkers, sondern vor allem mit der Leidenschaft für Improvisieren. Dem muß Raum und Gelegenheit auf alle Fälle gewahrt bleiben. Bauten werden als Volksbühne benutzt. Alle teilen sie sich in eine Unzahl simultan belebter Spielflächen. Balkon, Vorplatz, Fenster, Torweg, Treppe, Dach sind Schauplatz und Loge zugleich. Noch die elendste Existenz ist souverän in dem dumpfen Doppelwissen, in aller Verkommenheit mitzuwirken an einem der nie wiederkehrenden Bilder neapolitanischer Straße, in ihrer Armut Muße zu genießen, dem großen Panorama zu folgen. Eine hohe Schule der Regie ist, was auf den Treppen sich abspielt. Diese, niemals ganz freigelegt, noch weniger aber in dem dumpfen nordischen Hauskasten geschlossen, schießen stückweise aus den Häusern heraus, machen eine eckige Wendung und verschwinden, um wieder hervorzustürzen.

Auch stofflich hat die Straßendekoration mit der theatralischen enge Verwandtschaft. Papier spielt die größte Rolle. Rote, blaue und gelbe Fliegenwedel, Altäre aus farbigem Glanzpapier an den Mauern, papierne Rosetten an den rohen Fleischstücken. Dann die Kunstfertigkeiten des Varietés. Jemand kniet auf dem Asphalt, neben sich ein Kästchen, und es ist eine der belebtesten Straßen. Mit bunter Kreide malt er auf den Stein einen Christus, darunter etwa den Kopf der Madonna. Indessen hat ein Kreis sich geschlossen, der Künstler erhebt sich, und während er neben seinem Werk wartet, eine Viertelstunde, eine halbe, fallen spärliche, gezählte Münzen aus der Runde auf Glieder, Kopf und Rumpf seiner Figur. Bis er sie aufliest, alles auseinandergeht und in wenigen Augenblicken das Bild zertreten ist.

Unter solchen Fertigkeiten ist nicht die letzte, Maccaroni mit den Händen zu essen. Gegen Entgelt zeigt man es Fremden. Anderes macht sich nach Tarifen bezahlt. Händler geben einen festen Preis für die Stummel von Zigaretten, die nach Schluß der Cafés aus den Ritzen geklaubt werden. (Früher ging man mit Windlichtern auf die Suche.) Neben den Resten aus Speisewirtschaften, gekochten Katzenschädeln und Muscheln werden sie an den Ständen im Hafenviertel verkauft. – Musik zieht umher: nicht trübselig für die Höfe, sondern strahlend für Straßen. Der breite Karren, eine Art Xylophon, ist mit Liedertexten farbig behangen. Hier kann man sie kaufen. Einer dreht; der andere, daneben, erscheint mit dem Teller vor jedem, der träumerisch stehen bleiben sollte. So ist alles Lustige fahrbar: Musik, Spielzeug, Eis verbreiten sich durch die Straßen.

Rückstand der letzten und Vorspiel der folgenden Feiertage ist diese Musik. Unwiderstehlich durchdringt der Festtag einen jeden Werktag. Porosität ist das unerschöpflich neu zu entdeckende Gesetz dieses Lebens. Ein Gran vom Sonntag ist in jedem Wochentag versteckt und wieviel Wochentag in diesem Sonntag!

Dennoch kann keine Stadt in den paar Stunden Sonntagsruhe schneller welken als Neapel. Es steckt voller Festmotive, die sich ins Unscheinbarste eingenistet haben. Läßt man vors Fenster Jalousien fallen, so ist das, als ob anderswo Fahnen gehißt werden. Bunte Knaben angeln in tiefblauen Bächen und sehen zu rot geschminkten Kirchtürmen auf. Hoch über die Straßen ziehen sich Wäscheleinen, an denen wie gereihte Flaggen das Zeug hängt. Zarte Sonnen entzünden sich in den Glasbottichen mit Eisgetränken. Tag und Nacht strahlen diese Pavillons mit den blassen aromatischen Säften, an denen selbst die Zunge lernt, was es mit der Porosität für eine Bewandtnis hat.

Ist aber Politik oder Kalender irgend danach angetan, so schießt all dieses Heimliche und Aufgeteilte zum lauten Fest zusammen. Und regelmäßig bekrönt es sich mit einem Feuerwerk über dem Meere. Ein einziger Feuerstreif läuft an den Abenden von Juli bis September die Küste zwischen Neapel und Salerno entlang. Bald über Sorrent, bald über Minori oder Prajano, immer aber über Neapel, stehen feurige Kugeln. Hier hat das Feuer Kleid und Kern. Es ist Moden und Kunstgriffen unterworfen. Jede Kirchengemeinde hat das Fest der benachbarten durch neue Lichteffekte zu schlagen.
Dabei zeigt das älteste Element des chinesischen Ursprungs, der Wetterzauber in Gestalt der drachenartig entfalteten Raketen, sich weit dem tellurischen Prunk überlegen: den Sonnen, die am Boden kleben, und dem vom Elmfeuer umlohten Kruzifix. Am Strande bilden die Pinien des Giardino Pubblico einen Kreuzgang. Fährt man in der Festnacht darunter hin, so nistet der Feuerregen in allen Wipfeln. Aber auch hier nichts Träumerisches. Erst der Knall gewinnt jeder Apotheose die Volksgunst. Zu Piedigrotta, dem Hauptfest der Neapolitaner, setzt diese kindische Lust am Getöse ein wildes Gesicht auf. In der Nacht zum 8. September ziehen Banden, bis zu hundert Mann stark, durch alle Straßen. Sie blasen auf riesigen Tüten, deren Schallöffnung mit grotesken Masken verkleidet ist. Gewaltsam, wenn nicht anders, wird man eingekreist, und aus zahllosen Röhren dringt der dumpfe Ton zerreißend ins Ohr. Ganze Gewerbe beruhen auf dem Spektakel. »Roma«, »Corriere di Napoli« ziehen die Zeitungsjungen wie die Gummistangen im Munde lang. Ihr Schrei ist städtische Manufaktur.

Erwerb, der bodenständig in Neapel ist, streift den Hazard und hält am Feiertage fest. Die bekannte Liste der sieben Kardinalsünden verlegte den Hochmut nach Genua, den Geiz nach Florenz (die alten Deutschen waren anderer Meinung und nannten das, was man griechische Liebe heißt, Florenzen), die Üppigkeit nach Venedig, den Zorn nach Bologna, die Fresserei nach Mailand, den Neid nach Rom und die Faulheit nach Neapel. Das Lottospiel, hinreißend und verzehrend wie nirgends sonst in Italien, bleibt Typus des Erwerbslebens. Jeden Sonnabend um vier Uhr drängt man sich auf dem Vorplatz des Hauses, wo die Nummern gezogen werden. Neapel ist eine der wenigen Städte mit eigener Auslosung. Mit Leihhaus und Lotto hält der Staat dieses Proletariat in der Kneifzange: was er im einen ihnen zuschanzt, nimmt er im anderen wieder zurück. Der bedachtere und liberalere Rausch des Hazards, an dem die ganze Familie ihren Anteil nimmt, ersetzt den alkoholischen.

Und ihm assimiliert sich das Geschäftsleben. Ein Mann steht in einer ausgespannten Kalesche an einer Straßenecke. Man drängt sich um ihn. Der Kutschbock ist aufgeklappt, und der Händler entnimmt ihm etwas unter beständigen Anpreisungen. Es verschwindet, ehe man es zu sehen bekommt, in einem rosa oder grün gefärbten Papierchen. So hält er es hoch in der Hand, und im Nu ist es gegen einige Soldi verkauft. Unter der gleichen geheimnisvollen Gebärde wird ein Stück nach dem anderen abgesetzt. Sind Lose in diesem Papier? Kuchen mit einer Münze in jedem zehnten? Was macht die Leute so begehrlich und den Mann so undurchdringlich wie den Mograby? – Er verkauft eine Zahnpasta.

Unschätzbar ist für dies Geschäftsgebaren die Auktion. Wenn der Straßenhändler früh um acht beim Auspacken damit begonnen hat, jedes Stück: Regenschirme, Hemdenstoffe, Umschlagtücher seinem Publikum einzeln vorzustellen, mißtrauisch, als müsse er selbst erst die Ware prüfen, dann sich erhitzt, phantastische Preise macht und während er das große Tuch für fünfhundert Lire, das er ausgebreitet hat, gelassen wieder zusammenlegt, mit jedem Faltenschlag sich unterbietet und schließlich, wie es klein auf seinem Arm liegt, für fünfzig es ablassen will, so ist er den ältesten Jahrmarktspraktiken treu geblieben. – Von der verspielten Handelslust der Neapolitaner gibt es hübsche Geschichten. Auf einer belebten Piazza entgleitet einer dicken Frau ihr Fächer. Hilflos sieht sie sich um; selbst ihn aufzuheben, ist sie zu unförmig. Ein Kavalier erscheint und ist bereit, für fünfzig Lire diesen Dienst zu leisten. Sie verhandeln, und die Dame erhält den Fächer für zehn.

Glückselige Zerstreutheit im Warenlager! Denn das ist hier noch eins mit dem Verkaufsstand: es sind Basare. Der lange Gang ist bevorzugt. In einem glasgedeckten gibt es einen Spielzeugladen (in dem man auch Parfüms und Likörgläser kaufen könnte), der neben Märchengalerien bestehen würde. Als Galerie wirkt Neapels Hauptstraße, der Toledo. Sie gehört zu den verkehrsreichsten der Erde. Beiderseits dieses schmalen Ganges liegt, was in der Hafenstadt zusammenkam, frech, roh, verführerisch ausgebreitet. Nur Märchen kennen diese lange Zeile, die man durchschreitet, ohne rechts und links zu blicken, wenn man nicht dem Teufel verfallen will. Es gibt ein Warenhaus, in Städten sonst der reiche magnetische Kaufplatz. Hier ist es reizlos und all das Vielerlei auf engerem Raum ihm überlegen. Aber mit einer winzigen Niederlage – Spielbällen, Seifen, Schokoladen – taucht es anderswo unter den kleinen Verkaufsständen versteckt wieder auf.

Ausgeteilt, porös und durchsetzt ist das Privatleben. Was Neapel von allen Großstädten unterscheidet, das hat es mit dem Hottentottenkral gemein: jede private Haltung und Verrichtung wird durchflutet von Strömen des Gemeinschaftslebens. Existieren, für den Nordeuropäer die privateste Angelegenheit, ist hier wie im Hottentottenkral Kollektivsache.

So ist das Haus viel weniger das Asyl, in welches Menschen eingehen, als das unerschöpfliche Reservoir, aus dem sie herausströmen. Nicht nur aus Türen bricht das Lebendige. Nicht nur auf den Vorplatz, wo die Leute auf Stühlen ihre Arbeit tun (denn sie haben die Fähigkeit, ihren Leib zum Tisch zu machen). Haushaltungen hängen von Balkons herunter wie Topfpflanzen. Aus den Fenstern der höchsten Stockwerke kommen an Seilen Körbe für Post, Obst und Kohl.

Wie die Stube auf der Straße wiederkehrt, mit Stühlen, Herd und Altar, so, nur viel lauter, wandert die Straße in die Stube hinein. Noch die ärmste ist so voll von Wachskerzen, Heiligen aus Biskuit, Büscheln von Photos an der Wand und eisernen Bettstellen wie die Straße von Karren, Menschen und Lichtern. Das Elend hat eine Dehnung der Grenzen zustande gebracht, die Spiegelbild der strahlendsten Geistesfreiheit ist. Schlaf und Essen haben keine Stunde, oftmals keinen Ort.

Je ärmer das Viertel, desto zahlreicher die Garküchen. Von Herden auf offener Straße holt, wer es kann, was er braucht. Die gleichen Speisen schmecken verschieden bei jedem Koch; nicht aufs Geratewohl wird verfahren, sondern nach erprobten Rezepten. Wie im Fenster der kleinsten trattoria Fische und Fleisch vor dem Begutachtenden aufgehäuft liegen, darin ist eine Nuance, die über die Forderung des Kenners hinausgeht. Im Fischmarkt hat dieses Schiffervolk sich die niederländisch-grandiose Freistatt dafür geschaffen. Seesterne, Krebse, Polypen aus dem von Ausgeburten wimmelnden Wasser des Golfs bedecken die Bänke und werden oft roh mit ein wenig Zitrone verschlungen. Phantastisch werden selbst die banalen Tiere des Festlands. Im vierten, fünften Stock dieser Mietskasernen werden Kühe gehalten. Die Tiere kommen nie auf die Straße, und ihre Hufe sind so lang geworden, daß sie nicht mehr stehen können.

Wie sollte sich schlafen lassen in solchen Stuben? Da stehen zwar Betten, soviel der Raum faßt. Aber sind es auch sechs oder sieben, so gibt es an Bewohnern oft mehr als das Doppelte. Daher sieht man Kinder spät nachts, um zwölf, ja um zwei, noch auf den Straßen. Mittags liegen sie dann schlafend hinterm Ladentisch oder auf einer Treppenstufe. Dieser Schlaf, wie auch Männer und Frauen in schattigen Winkeln ihn nachholen, ist also nicht der behütete nordische. Auch hier Durchdringung von Tag und Nacht, Geräuschen und Ruhe, äußerem Licht und innerem Dunkel, von Straße und Heim.

Bis ins Spielzeug setzt sich das fort. Zerflossen, mit den blassen Farben des Münchner Kindls liegt die Madonna an den Häuserwänden. Der Knabe, den sie von sich streckt wie ein Szepter, begegnet genau so starr, gewickelt, ohne Arm und Bein als Holzpuppe in den dürftigsten Läden von Santa Lucia. Mit diesen Stücken können die Fratzen aufschlagen, wo sie wollen. Auch in ihren Fäustchen Szepter und Zauberstab, so behauptet der byzantinische Heiland sich heute noch. Rohes Holz hinten; angestrichen ist nur die Vorderseite. Blaues Kleid, weiße Tupfen, roter Saum und rote Backen.

Aber der Dämon der Unzucht ist in manche dieser Puppen gefahren, die unter billigem Briefpapier, Holzklammern und Blechschäfchen in den Schaufenstern liegen. Schnell machen in den übervölkerten Quartieren auch die Kinder Bekanntschaft mit dem Geschlecht. Wird aber irgendwo ihr Zuwachs verheerend, stirbt ein Familienvater oder siecht die Mutter, so bedarf es nicht erst naher oder ferner Verwandter. Eine Nachbarin nimmt auf kurze oder lange Zeit ein Kind an ihren Tisch, und so durchdringen sich Familien in Verhältnissen, die der Adoption gleichkommen können.

Wahre Laboratorien dieses großen Durchdringungsprozesses sind die Cafés. Das Leben kann sich in ihnen nicht setzen, um zu stagnieren. Es sind nüchterne offene Räume vom Schlage der politischen Volkscafés und das wienerische, das bürgerlich-beschränkte literarische Wesen ist ihr Gegensatz. Neapolitaner Cafés sind bündig. Längerer Aufenthalt ist kaum möglich. Eine Tasse überheißen caffè espresso – in den heißen Getränken ist diese Stadt so unübertroffen wie in den Sorbets, Spumones und Gelaten – komplimentiert den Besucher hinaus. Die Tische glänzen kupfern, sie sind klein und rund, und eine vierschrötige Gesellschaft macht schon auf der Schwelle zögernd kehrt. Nur wenige Menschen haben auf kurze Weile hier Platz. Drei schnelle Handbewegungen, das ist ihre Bestellung.

Die Gebärdensprache reicht weiter als irgendwo sonst in Italien. Undurchdringlich ist ihr Gespräch für jeden Auswärtigen. Ohren, Nase, Augen, Brust und Achseln sind Signalstationen, die von den Fingern bezogen werden. Diese Aufteilung kehrt wieder in ihrer wählerisch spezialisierten Erotik. Hilfsbereite Gesten und ungeduldige Berührungen fallen dem Fremden durch eine Regelmäßigkeit auf, die den Zufall ausschließt. Ja, hier wäre er verraten und verkauft, aber gutmütig schickt der Neapolitaner ihn fort. Schickt ihn einige Kilometer weiter nach Mori. »Vedere Napoli e poi Mori«, sagt er mit einem alten Scherzwort. »Neapel sehen und sterben«, sagt der Deutsche ihm nach.

Moskau

1.

Schneller als Moskau selber lernt man Berlin von Moskau aus sehen. Für einen, der aus Rußland heimkehrt, ist die Stadt wie frisch gewaschen. Es liegt kein Schmutz, aber es liegt auch kein Schnee. Die Straßen kommen ihm in Wirklichkeit so trostlos sauber und gekehrt vor, wie auf Zeichnungen von Grosz. Und auch die Lebenswahrheit seiner Typen ist ihm evidenter. Es ist mit dem Bilde der Stadt und der Menschen nicht anders als mit dem der geistigen Zustände: die neue Optik, die man auf sie gewinnt, ist der unzweifelhafteste Ertrag eines russischen Aufenthaltes. Mag man auch Rußland noch so wenig kennen – was man lernt, ist, Europa mit dem bewußten Wissen von dem, was sich in Rußland abspielt zu beobachten und zu beurteilen. Das fällt dem einsichtsvollen Europäer als erstes in Rußland zu. Darum ist andrerseits der Aufenthalt für Fremde ein so sehr genauer Prüfstein. Jeden nötigt er, seinen Standpunkt zu wählen. Im Grunde freilich ist die einzige Gewähr der rechten Einsicht, Stellung gewählt zu haben, ehe man kommt. Sehen kann gerade in Rußland nur der Entschiedene. An einem Wendepunkt historischen Geschehens, wie ihn das Faktum »Sowjet-Rußland« wenn nicht setzt, so anzeigt, steht gar nicht zur Debatte, welche Wirklichkeit die bessere, noch welcher Wille auf dem besseren Wege sei. Es geht nur darum: Welche Wirklichkeit wird innerlich der Wahrheit konvergent? Welche Wahrheit bereitet mit dem Wirklichen zu konvergieren innerlich sich vor? Nur wer hier deutlich Antwort gibt ist »objektiv«. Nicht seinen Zeitgenossen gegenüber (darauf kommt es nicht an) sondern dem Zeitgeschehen gegenüber (das ist entscheidend). Nur wer, in der Entscheidung, mit der Welt seinen dialektischen Frieden gemacht hat, der kann das Konkrete erfassen. Doch wer »an Hand der Fakten« sich entscheiden will, dem werden diese Fakten ihre Hand nicht bieten. – Heimkehrend findet man vor allem eins: Berlin ist eine menschenleere Stadt. Menschen und Gruppen, die in seinen Straßen sich bewegen, haben die Einsamkeit um sich. Unaussprechlich scheint der Berliner Luxus. Und er beginnt schon auf dem Asphalt. Denn die Breite der Bürgersteige ist fürstlich. Sie machen aus dem ärmsten Schlucker einen Grandseigneur, welcher auf der Estrade seines Schlosses wandelt. Fürstlich vereinsamt, fürstlich verödet sind die Berliner Straßen. Nicht nur im Westen. In Moskau gibt es drei, vier Stellen, an denen ohne jene Strategie des Drängens und Sichwindens vorwärts zu gelangen ist, die man sich in der ersten Woche (gleichzeitig also mit der Technik, sich auf Glatteis zu bewegen) aneignet. Tritt man auf den Staleschnykow, so atmet man auf: hier endlich darf man unbedenklich vor Auslagen haltmachen und seiner Wege gehen, ohne an dem schlenderhaften Serpentinengange teilzunehmen, an den der schmale Bürgersteig die meisten gewöhnt hat. Aber welch eine Fülle hat diese, nicht nur von Menschen überschwemmte Zeile und wie ausgestorben und leer ist Berlin! In Moskau drängt die Ware überall aus den Häusern, sie hängt an Zäunen, lehnt an Gattern, liegt auf dem Pflaster. Alle fünfzig Schritt stehen Weiber mit Zigaretten, Weiber mit Obst, Weiber mit Zuckerwerk. Sie haben ihren Waschkorb mit der Ware neben sich, manchmal auch einen kleinen Schlitten. Ein buntes Tuch aus Wolle schützt Äpfel oder Apfelsinen vor der Kälte, zwei Musterexemplare liegen obenauf. Daneben Zuckerfiguren, Nüsse, Bonbons. Man denkt, eine Großmutter hat vor dem Weggehen im Hause Umschau gehalten nach allem, womit sie ihre Enkel überraschen könnte. Nun bleibt sie unterwegs, um sich ein bißchen auszuruhen, an der Straße stehen. Berliner Straßen kennen solche Posten mit Schlitten, Säcken, Wägelchen und Körben nicht. Verglichen mit den Moskauer sind sie wie eine frisch gefegte leere Rennbahn, auf der ein Feld von Sechstagefahrern trostlos voranhastet.

2.

Die Stadt scheint schon am Bahnhof sich herzugeben. Kioske, Bogenlampen, Häuserblöcke kristallisieren zu niewiederkehrenden Figuren. Doch das zerstiebt, sowie ich nach Namen suche. Ich muß mich trollen ... Zu Anfang gibt es nichts als Schnee zu sehen, den schmutzigen, der schon Quartier bezogen hat, und den reinen, der langsam nachrückt. Gleich mit der Ankunft setzt das Kinderstadium ein. Gehen will auf dem dicken Glatteis dieser Straßen neu erlernt sein. Die Häuserwildnis ist so undurchdringlich, daß nur das Blendende im Blick erfaßt wird. Ein Transparent mit Inschrift »Kefir« leuchtet in den Abend. Ich merke mir's, als wäre die Twerskaja, die alte Straße nach Twer, auf der ich jetzt bin, noch wirklich Chaussee und weit und breit nichts zu sehen als Ebene. Ehe ich Moskaus wirkliche Landschaft entdeckt, seinen wirklichen Fluß gesehen, seine wirklichen Höhen gefunden habe, ist jeder Straßendamm schon ein umstrittener Fluß, jede Hausnummer ein trigonometrisches Signal und jeder seiner Riesenplätze mir ein See geworden. Nur eben, daß ein jeder Schritt und Tritt hier auf benanntem Grunde getan wird. Und wo nun einer dieser Namen fällt, da baut sich Phantasie um diesen Laut im Handumdrehen ein ganzes Viertel auf. Das wird der späteren Wirklichkeit noch lange trotzen und spröd wie gläsernes Gemäuer darin steckenbleiben. Die Stadt hat in der ersten Zeit noch hundert Grenzbarrieren. Doch eines Tages sind das Tor, die

Kirche, die Grenze einer Gegend waren, unversehens Mitte. Nun wird die Stadt dem Neuling Labyrinth. Straßen, die er weit voneinander angesiedelt hat, reißt eine Ecke ihm zusammen, wie die Faust eines Kutschers ein Zweigespann. Wievielen topographischen Attrappen er verfällt, ließe in seinem ganzen passionierenden Verlauf sich einzig und allein im Film entrollen: die Großstadt setzt sich gegen ihn zur Wehr, maskiert sich, flüchtet, intrigiert, verlockt, bis zur Erschöpfung ihre Kreise zu durchirren. (Das kann zunächst sehr praktisch angegriffen werden; für Fremde sollten während der Saison in großen Städten »Orientierungsfilme« laufen.) Am Ende aber siegen Karten und Pläne: abends im Bett jongliert die Phantasie mit wirklichen Gebäuden, Parks und Straßen.

3.

Das winterliche Moskau ist eine stille Stadt. Leise spielt sich das ungeheuere Getriebe der Straßen ab. Das macht der Schnee. Aber das macht auch die Rückständigkeit des Verkehrs. Autosignale beherrschen das Großstadtorchester. Aber in Moskau gibt es erst wenig Autos. Sie werden nur bei Hochzeiten und Todesfällen und zum beschleunigten Regieren aufgeboten. Freilich setzen sie abends hellere Lichter auf als sie in irgendeiner andern Großstadt es dürfen. Und die Lichtkegel stoßen so blendend vor, daß wer einmal davon ergriffen ist, hilflos sich nicht von der Stelle wagt. Vorm Kremltor stehen im blendenden Licht die Posten in den frechen ockergelben Pelzen. Über ihnen funkelt das rote Signal, das den Verkehr in der Durchfahrt regelt. Alle Farben von Moskau schießen hier, im Zentrum der russischen Macht, prismatisch zusammen. Lichtbündel aus den überstarken Autolampen jagen durchs Dunkel. In ihrem Schein scheuen die Pferde der Kavalleristen, die im Kreml ein großes Übungsfeld haben. Fußgänger schlagen sich zwischen Autos und zwischen ungeberdigen Gäulen durch. Lange Folgen von Schlitten, auf denen man Schnee abführt. Einzelne Reiter. Stumme Rabenschwärme haben im Schnee sich niedergelassen. Das Auge ist unendlich mehr beschäftigt als das Ohr. Die Farben bieten ihr Äußerstes gegen das Weiß auf. Der kleinste bunte Fetzen glüht im Freien. Bilderbücher liegen im Schnee; Chinesen verkaufen kunstvolle papierne Fächer, häufiger noch papierne Drachen in der Form exotischer Tiefseefische. Tagaus, tagein ist man auf Kinderfeste eingerichtet. Es gibt Männer, die Körbe voll Holzspielzeug haben, Wagen und Spaten; gelb und rot sind die Wagen, gelb oder rot die Schaufeln der Kinder. All dies geschnitzte und gezimmerte Gerät ist schlichter und solider als in Deutschland, sein bäuerlicher Ursprung ist deutlich sichtbar. Eines Morgens stehen am Straßenrand niegesehene winzige Häuschen mit blitzenden Fenstern und einem Zaun um den Vorplatz: Holzspielzeug aus dem Gouvernement Wladimir. Das heißt: ein neuer Warenschub ist eingetroffen. Ernsthafte, nüchterne Bedarfsartikel werden im Straßenhandel verwegen. Ein Korbverkäufer mit allerhand Ware, bunter, wie man sie überall auf Capri kaufen kann, doppelten Henkelkörben mit quadratisch strengen Mustern, trägt auf der Spitze seiner Stange glanzpapierne Bauer mit glanzpapiernen Vögelchen im Innern. Aber auch ein wirklicher Papagei, ein weißer Ara, ist manchmal zu sehen. In der Mjassnitzkaja steht eine Frau mit Weißwaren, auf Tablett oder Schulter hockt ihr der Vogel. Den malerischen Hintergrund zu solchen Tieren muß man sich anderswo, beim Stand der Photographen, suchen. Unter den kahlen Bäumen der Boulevards stehen Paravents mit Palmen, Marmortreppen und südlichen Meeren. Und noch ein anderes gemahnt hier an den Süden. Das ist die wilde Mannigfaltigkeit des Straßenhandels. Schuhkrem und Schreibzeug, Handtücher, Puppenschlitten, Schaukeln für Kinder, Damenwäsche, ausgestopfte Vögel, Kleiderbügel – alles drängt auf die offene Straße, als wären nicht 25° unter Null, sondern voller neapolitanischer Sommer. Lange war mir ein Mann geheimnisvoll, der vor sich eine dicht beschriftete Tafel hatte. Ich wollte einen Wahrsager in ihm sehen. Endlich einmal gelang mir, ihn bei seinem Treiben zu belauschen. Ich sah, daß er von seinen Lettern zwei verkaufte und einem Kunden sie als Initialen in den Galoschen befestigte. Dann die breiten Schlitten mit den drei Fächern für Cacaouettes, Haselnüsse und Semitschky (Sonnenblumenkerne, die nun nach einer Verfügung der Sowjets an öffentlichen Orten nicht mehr gekaut werden dürfen). Garköche sammeln sich in der Nähe der Arbeitsbörse. Sie haben heiße Kuchen zu verkaufen und in Scheiben gebratene Wurst. All das geht aber lautlos vor sich, Rufe, wie sie im Süden jeder Händler hat, sind unbekannt. Die Leute wenden sich an den Passanten eher mit Reden, gesetzten, wenn nicht geflüsterten, in denen etwas von der Bettlerdemut liegt. Nur eine Kaste zieht hier laut durch die Straßen, das sind die Lumpensammler mit ihrem Sack auf dem Rücken; ihr melancholischer Ruf durchklingt ein oder mehrmals wöchentlich jedes Viertel. Der Straßenhandel ist zum Teil illegal und vermeidet dann jedes Aufsehen. Frauen, in offener Hand auf einer Lage Stroh ein rohes Stück Fleisch, ein Huhn, einen Schinken, stehen und bieten es den Passanten an. Das sind Verkäuferinnen ohne Erlaubnis. Sie sind zu arm, um die Gebühr für einen Warenstand zu zahlen und haben keine Zeit, um eine Wochenkonzession auf einem Amt sich viele Stunden anzustellen. Kommt ein Milizionär, dann laufen sie einfach davon. Der Straßenhandel gipfelt in den großen Märkten, an der Smolenskaja und am Arbat. Und an der Sucharewskaja. Dieser berühmteste liegt unter einer Kirche, die sich mit blauen Kuppeln über den Buden aufhebt. Zuerst passiert man das Viertel der Alteisenhändler. Die Leute haben ihre Ware einfach im Schnee liegen. Man findet alte Schlösser, Meterstäbe, Handwerkszeug, Küchengerät, elektrotechnisches Material. An Ort und Stelle führt man Reparaturen aus; ich sah über einer Stichflamme löten. Sitze gibt es hier nirgends, alles steht aufrecht, schwatzt oder handelt. Auf diesem Markt läßt die architektonische Funktion der Ware sich erkennen: Tücher und Stoffe bilden Pilaster und Säulen; Schuhe, Walinki, die an Schnüren gereiht überm Verkaufstische hängen, werden zu Dächern der Bude; große Garmoschkas (Ziehharmoniken) bilden tönende Mauern, also gewissermaßen Memnosmauern. Ob in den wenigen Ständen mit Heiligenbildern noch heute im geheimen jene seltsamen Ikonen, deren Verkauf schon der Zarismus unter Strafe stellte, zu bekommen sind, weiß ich nicht. Da gab es die Muttergottes mit den drei Händen. Sie ist halbnackt. Aus dem Nabel steigt eine kräftige, wohlgebildete Hand. Rechts und links breiten die beiden andern in der Gebärde des Segnens sich aus. Die Dreiheit dieser Hände wird für ein Symbol der heiligen Dreifaltigkeit erachtet. Es gab ein anderes Andachtsbild der Gottesmutter, das sie mit offenem Unterleibe darstellt; Wolken treten daraus statt der Eingeweide; in ihrer Mitte tanzt das Christuskind und hält in der Hand eine Geige. Da der Verkaufszweig der Ikonen zum Papier- und Bilderhandel rechnet, so kommen diese Buden mit Heiligenbildern neben die Stände mit Papierwaren zu stehen, so daß sie überall von Lenin-Bildern flankiert sind, wie ein Verhafteter von zwei Gendarmen. Das Straßenleben setzt auch nachts nicht völlig aus. In dunklen Torwegen stößt man auf Pelze wie Häuser. Nachtwächter hocken darin auf ihren Stühlen und machen von Zeit zu Zeit sich schwerfällig auf.

4.

Im Straßenbilde aller Proletarierviertel sind die Kinder wichtig. Sie sind zahlreicher dort als in den andern, sie bewegen sich zielsicherer und geschäftiger. Moskau wimmelt von Kindern in allen Quartieren. Schon unter ihnen gibt es eine kommunistische Hierarchie. Die Komsomolzen als die ältesten stehen an der Spitze. Sie haben ihre Klubs in allen Städten und sind der eigentliche geschulte Nachwuchs der Partei. Die Kleineren werden – mit sechs Jahren – »Pioniere«. Auch sie sind wieder in Klubs zusammengeschlossen, tragen als ein stolzes Abzeichen den roten Schlips. »Oktjabr« (»Oktobers«) endlich – oder auch »Wölfe« – heißen die kleinen Babys vom Augenblick an, wo sie aufs Lenin-Bildnis deuten können. Aber noch immer trifft man auch auf die verkommenen namenlos traurigen Besprisornye. Tagsüber sieht man sie meistens allein; sie gehen jedes seinen eigenen Kriegspfad. Am Abend aber stoßen sie vor grell beleuchteten Kinofassaden zu Trupps zusammen und man erzählt den Fremden, es sei nicht gut, auf einsamem Nachhausewege solcher Bande zu begegnen. Um diese durch und durch Verwilderten, Mißtrauischen, Verbitterten zu erfassen, blieb dem Erzieher gar nichts anderes übrig, als selber auf die Straße zu gehen. Man hat in jedem Moskauer Rayon bereits seit Jahren »Kinderplätze« eingerichtet. Sie unterstehen einer Angestellten, die selten mehr als eine Hilfskraft hat. Ihre Sache, wie sie es fertig bringt, an die Kinder ihres Rayons heranzukommen. Essen wird ausgegeben, es wird gespielt. Zu Anfang kommen zwanzig oder vierzig, greift aber eine Leiterin es richtig an, so können nach zwei Wochen hunderte von Kindern den Platz erfüllen. Daß hergebrachte pädagogische Methoden mit diesen Kindermassen nie zu Rande kämen, versteht sich. Um überhaupt zu ihnen vorzustoßen, gehört zu werden, muß man schon an die Parolen der Straße selber, des ganzen kollektiven Lebens sich so dicht und so deutlich wie möglich anschließen. Die

Politik ist bei der Organisation von Scharen solcher Kinder nicht Tendenz, sondern so selbstverständlicher Beschäftigungsgegenstand, so evidentes Anschauungsmaterial wie Kaufmannsladen oder Puppenstube für die Bürgerkinder. Wenn man dann weiter sich vergegenwärtigt, daß eine Leiterin die Kinder acht Stunden lang zu überwachen, zu beschäftigen, zu speisen hat, dazu die Buchhaltung aller Ausgaben führt, die für Milch, Brot und Materialien erfordert werden, daß sie verantwortlich für alles dies ist, muß drastisch werden, wieviel solche Arbeit von dem privaten Dasein derer, die sie ausübt, übrig läßt. Mitten in allen Bildern eines noch längst nicht bezwungenen Kinderelends wird aber der, der aufmerkt, eins gewahr: wie der befreite Stolz der Proletarier mit der befreiten Haltung der Kinder zusammenstimmt. Nichts überrascht auf einem Studiengang durch Moskauer Museen mehr und schöner, als anzusehen, wie durch diese Räume in Gruppen, manchesmal um einen Führer, oder vereinzelt, Kinder und Arbeiter in aller Unbefangenheit sich bewegen. Hier ist nichts von der trostlosen Gedrücktheit der seltenen Proletarier, die in unseren Museen sich anderen Besuchern kaum zu zeigen wagen. In Rußland hat das Proletariat wirklich Besitz von der bürgerlichen Kultur zu nehmen begonnen, bei uns kommt es mit solchem Unternehmen sich so vor, als ob es einen Einbruchsdiebstahl plant. Es gibt nun freilich gerade in Moskau Sammlungen, in welchen Arbeiter und Kinder sich wirklich bald vertraut und heimisch finden können. Da ist das Polytechnische Museum mit seinen vielen tausenden von Proben, Apparaten, Dokumenten und Modellen zur Geschichte der Urproduktion und der verarbeitenden Industrie. Da ist das hervorragend geleitete Spielzeugmuseum, das unter seinem Direktor Bartram eine kostbare, instruktive Sammlung russischen Spielzeugs vereinigt hat und ebenso dem Forscher wie den Kindern dient, die stundenlang in diesen Sälen herumspazieren (gegen Mittag gibt es dazu dann großes, unentgeltliches Puppentheater, so schön wie nur eines im Luxembourg). Da ist die berühmte Tretjakoff-Galerie, in der man erst begreift, was Genremalerei bedeutet und wie gemäß sie gerade dem Russen ist. Der Proletarier findet hier Sujets aus der Geschichte seiner Bewegung: »Ein Konspirator von Gendarmen überrascht«, »Rückkehr eines Verbannten aus Sibirien«, »Die arme Gouvernante tritt den Dienst in einem reichen Kaufmannshause an«. Und daß dergleichen Szenen ganz im Geist der bürgerlichen Malerei gehalten sind, das schadet nicht nur nicht – es bringt sie diesem Publikum nur näher. Kunsterziehung wird ja (wie Proust bisweilen sehr gut zu verstehen gibt) nicht gerade durch Betrachtung von »Meisterwerken« gefördert. Vielmehr, das Kind oder der Proletarier, der sich eben bildet, erkennt mit Recht ganz anderes als Meisterwerk an denn ein Sammler. Solche Bilder haben für ihn eine sehr vorübergehende aber solide Bedeutung, und der strengere Maßstab tut nur den aktuellen Werken gegenüber not, die sich auf ihn, seine Arbeit und seine Klasse beziehen.

5.

Der Bettel ist nicht aggressiv wie im Süden, wo die Aufdringlichkeit des Zerlumpten noch immer einen Rest von Vitalität verrät. Hier ist er eine Korporation von Sterbenden. Die Straßenecken mancher Viertel sind mit Lumpenbündeln belegt – Betten in dem riesigen Lazarett »Moskau«, das unter freiem Himmel daliegt. Lange flehende Reden gehen die Leute an. Da ist ein Bettler, der beginnt immer, wenn ein Passant, von dem er sich etwas verspricht, ihm näherkommt, ein leises, ausdauerndes Heulen; das richtet sich an Fremde, die nicht russisch können. Ein anderer hat genau die Haltung des Armen, für den der heilige Martin auf alten Bildern mit dem Schwert seinen Mantel durchschneidet. Er kniet mit beiden vorgestreckten Armen. Kurz vor Weihnachten saßen tagtäglich im Schnee zwei Kinder an der Mauer des Revolutionsmuseums, mit einem Fetzen bedeckt, und sie wimmerten. (Aber vor dem Englischen Klub, dem vornehmsten Moskaus, dem früher dieses Gebäude gehörte, wäre ihnen auch das nicht möglich gewesen.) Moskau müßte man kennen, wie solche Bettelkinder es tun. Die wissen zu bestimmter Zeit in einem ganz bestimmten Laden eine Ecke neben der Tür, wo sie sich zehn Minuten wärmen dürfen, wissen, wo sie an einem Tag der Woche sich zu bestimmter Stunde Krusten holen können und wo in aufgestapelten Leitungsröhren ein Schlafplatz frei ist. Den Bettel haben sie zu einer großen Kunst mit hundert Schematismen und Varianten entwickelt. Sie kontrollieren an belebten Ecken die Kundschaft eines Pastetenbäckers, gehen den Käufer an und begleiten ihn winselnd und bittend, bis er ein Stück von seinem heißen Kuchen an sie abgetreten hat. Andere haben bei einer Kopfstation der Trambahn ihren Stand, treten in einen Wagen, singen ein Lied und sammeln Kopeken. Und es gibt Stellen, freilich nur wenige, an denen selbst der Straßenhandel das Gesicht des Bettels hat. Ein paar Mongolen stehen an der Mauer von Kitai Gorod. Sie sind nicht mehr als fünf Schritt einer vom andern entfernt und handeln mit Ledermappen; ein jeder mit genau der gleichen Ware wie sein Nebenmann. Es muß dahinter wohl eine Abmachung stecken, denn so einander aussichtslose Konkurrenz zu machen, kann nicht ihr Ernst sein. Wahrscheinlich ist in ihrer Heimat der Winter nicht weniger rauh und sind auch ihre zerlumpten Pelze nicht schlechter als die Pelze der Eingeborenen. Dennoch sind sie die einzigen in Moskau, mit denen man des Klimas wegen Mitleid hat. Selbst Priester, die für ihre Kirche betteln gehen, gibt es noch. Aber sehr selten sieht man jemanden geben. Der Bettel hat die stärkste Grundlage verloren, das schlechte gesellschaftliche Gewissen, das soviel weiter als das Mitleid die Taschen öffnet. Im übrigen erscheint es ein Ausdruck des wandellosen Elends dieser Bettelnden, vielleicht ist es auch nur die Folge einer klugen Organisation, daß unter sämtlichen Institutionen Moskaus sie die allein Verläßlichen sind und unverändert ihren Platz behaupten, während ringsumher sich alles verschiebt.

6.

Jeder Gedanke, jeder Tag und jedes Leben liegt hier wie auf dem Tisch eines Laboratoriums. Und als wäre es ein Metall, welchem man einen unbekannten Stoff mit allen Mitteln abgewinnen will, muß er bis zur Erschöpfung mit sich experimentieren lassen. Kein Organismus, keine Organisation kann sich diesem Vorgang entziehen. Die Angestellten werden in den Betrieben, die Ämter in den Gebäuden, die Möbel in den Wohnungen umgruppiert, versetzt und umhergerückt. Neue Zeremonien für die Namengebung, die Eheschließung werden in den Klubs als in Versuchsanstalten vorgeführt. Verordnungen werden verändert von Tag zu Tag, aber auch Trambahnhaltestellen wandern, Läden werden zu Restaurants und ein paar Wochen später zu Büros. Diese erstaunliche Versuchsanordnung – man nennt sie hier »Remonte« – betrifft nicht Moskau allein, sie ist russisch. Es steckt in dieser herrschenden Passion ebensoviel naiver Wille zum Guten wie uferlose Neugier und Verspieltheit. Weniges bestimmt heute Rußland stärker. Das Land ist Tag und Nacht mobilisiert, allen voran natürlich die Partei. Ja, was den Bolschewik, den russischen Kommunisten, von seinen westlichen Genossen unterscheidet, ist diese unbedingte Mobilbereitschaft. Seine Existenzbasis ist so schmal, daß er jahraus, jahrein zum Aufbruch fertig ist. Er wäre diesem Leben anders nicht gewachsen. Wo sonst ist denkbar, daß man eines Tages einen verdienten Militär zum Leiter eines großen Staatstheaters macht? Der gegenwärtige Direktor des Revolutionstheaters ist ein ehemaliger General. Es ist wahr: er war Literat, ehe er siegreicher Feldherr wurde. Oder in welchem Lande sonst kann man Geschichten hören wie sie mir der »Schwejzar« meines Hotels von sich erzählte? Bis 1924 saß er im Kreml. Dann befiel eines Tages ihn schwere Ischias. Die Partei ließ ihn von ihren besten Ärzten behandeln, sandte ihn in die Krim, ließ ihn Moorbäder nehmen, Strahlenbehandlung versuchen. Als alles vergeblich blieb, sagte man ihm: »Sie brauchen einen Posten, auf dem Sie sich schonen können, warm sitzen, keine Bewegung machen.« Am andern Tage war er Hotelportier. Wenn er kuriert ist, kommt er wieder in den Kreml. – Am Ende ist auch die Gesundheit der Genossen vor allem kostbarstes Besitztum der Partei, die, im gegebenen Falle über die Person hinweg, veranlaßt, was zu deren Konservierung ihr erfordert scheint. So stellt es jedenfalls in einer ausgezeichneten Novelle Boris Pilnjak dar. An einem hohen Funktionär wird gegen dessen Willen ein Eingriff vorgenommen, der letal verläuft. (Man nennt hier einen sehr berühmten Namen unter den Toten der letzten Jahre.) Keine Kenntnis und keine Fähigkeit, die nicht vom kollektiven Leben irgendwie ergriffen und ihm dienstbar gemacht würde. Der »Spez« – so nennt man allgemein den Spezialisten – ist Vorbildung der Versachlichung und der einzige Bürger, der unabhängig vom politischen Aktionskreis etwas vorstellt. Gelegentlich streift der Respekt vor diesem Typ den Fetischismus. So wurde an der roten Kriegsakademie ein General als Lehrer angestellt, der durch sein Auftreten im Bürgerkrieg berüchtigt ist. Jeden gefangenen Bolschewisten ließ er ohne Umstände hängen. Für Europäer ist ein solcher Standpunkt, der das Prestige der Ideologie dem sachlichen Gesichtspunkt unnachsichtlich unterordnet, kaum verständlich.

Aber auch für die Gegenseite ist der Vorfall bezeichnend. Es sind ja nicht nur Militärs des Zarenreiches, die, wie bekannt, sich in den Dienst der Bolschewisten stellten. Auch Intellektuelle kehren mit der Zeit als Spezialisten auf die Posten zurück, die sie im Bürgerkrieg sabotiert haben. Opposition, wie man im Westen sie sich denken möchte – Intelligenz, die abseits steht, und unterm Joche schmachtet – gibt es nicht oder besser gesagt: gibt es nicht mehr. Sie ist – mit welchen Reservaten immer – den Waffenstillstand mit den Bolschewisten eingegangen oder sie ist vernichtet. Es gibt in Rußland – gerade außerhalb der Partei – keine andere Opposition, als die loyalste. Auf keinem lastet nämlich dieses neue Leben schwerer als auf dem betrachtenden Außenseiter. Als Müßiggänger dieses Dasein zu ertragen ist unmöglich, weil es in jedem mindesten Detail schön und verständlich nur durch Arbeit wird. Eigene Gedanken in ein vorgegebenes Kraftfeld einzutragen, ein wenn auch noch so virtuelles Mandat, organisierter, garantierter Kontakt mit Genossen – daran ist dieses Leben so sehr gebunden, daß, wer darauf verzichtet, oder sich das nicht verschaffen kann, geistig verkommt als säße er in jahrelanger Einzelhaft.

7.

Der Bolschewismus hat das Privatleben abgeschafft. Das Ämterwesen, der politische Betrieb, die Presse sind so mächtig, daß für Interessen, die mit ihnen nicht zusammenfließen, gar keine Zeit bleibt. Es bleibt auch kein Raum. Wohnungen, die früher in ihren fünf bis acht Zimmern eine einzige Familie aufnahmen, beherbergen jetzt oft deren acht. Durch die Flurtür tritt man in eine kleine Stadt. Öfter noch in ein Feldlager. Schon im Vorraum kann man auf Betten stoßen. Zwischen vier Wänden wird ja nur kampiert, und meist ist das geringe Inventar nur Restbestand kleinbürgerlicher Habseligkeiten, die noch um vieles niederschlagender wirken, weil das Zimmer so dürftig möbliert ist. Zum kleinbürgerlichen Einrichtungsstil aber gehört das Komplette: Bilder müssen die Wände bedecken, Kissen das Sofa, Decken die Kissen, Nippes die Konsolen, bunte Scheiben die Fenster. (Solche Kleinbürgerzimmer sind Schlachtfelder, über die der Ansturm des Warenkapitals siegreich dahingegangen ist; es kann nichts Menschliches mehr da gedeihen.) Von alledem ist wahllos nur das eine oder andere erhalten. Allwöchentlich werden die Möbel in den kahlen Zimmern umgestellt – das ist der einzige Luxus, den man mit ihnen sich gestattet, zugleich ein radikales Mittel, die »Gemütlichkeit« samt der Melancholie, mit der sie bezahlt wird, aus dem Haus zu vertreiben. Darinnen halten die Menschen das Dasein aus, weil sie durch ihre Lebensweise ihm entfremdet sind. Ihr Aufenthalt ist das Büro, der Klub, die Straße. Von der mobilen Beamtenarmee findet man hier nur den Train vor. Vorhänge und Verschläge, oft nur bis zu halber Zimmerhöhe, haben die Zahl der Räume vervielfachen müssen. Denn jedem Bürger stehen von Rechts wegen nur dreizehn Quadratmeter Wohnfläche zur Verfügung. Für die Wohnung zahlt er nach seinem Einkommen. Der Staat – aller Hausbesitz ist verstaatlicht – erhebt von Arbeitslosen für dieselben Flächen einen Rubel monatlich, für die Wohlhabendere sechzig oder mehr bezahlen. Wer mehr als diesen vorgeschriebenen Einheitsraum beansprucht, muß, wenn er das beruflich nicht begründen kann, ein Vielfaches entrichten. Seitab vom vorgezeichneten Weg stößt jeder Schritt auf einen unabsehbaren bürokratischen Apparat und auf unerschwingliche Kosten. Das Mitglied der Gewerkschaft, das ein Krankheitszeugnis beibringt, den vorgeschriebenen Instanzenweg durchläuft, kann im modernsten Sanatorium unterkommen, an die Kurorte der Krim verschickt werden, kostspielige Strahlenbehandlung genießen, ohne für all dies einen Pfennig aufzuwenden. Der Außenseiter kann betteln gehen und im Elend verkommen, wenn er nicht in der Lage ist, als Angehöriger der neuen Bourgeoisie für Tausende von Rubeln sich das alles zu erkaufen. Dinge, die sich im kollektiven Rahmen nicht begründen lassen, erfordern einen unverhältnismäßigen Kraftaufwand. Aus diesem Grunde gibt es keine »Häuslichkeit«. Aber es gibt auch keine Cafés. Der freie Handel und die freie Intelligenz sind abgeschafft. Dadurch ist den Cafés ihr Publikum entzogen. Es bleiben also der Erledigung, selbst von privateren Angelegenheiten, nur Büro und Klub. Hier aber handelt man im Bann des neuen »Byt« – der neuen Umwelt, vor der nichts besteht als die Funktion des Schaffenden im Kollektivum. Die neuen Russen nennen das Milieu den einzig zuverlässigen Erzieher.

8.

Für jeden Bürger Moskaus sind die Tage randvoll. Sitzungen, Kommissionen sind zu jeder Stunde in Ämtern, Klubs, Fabriken anberaumt, haben oft keine eigene Stätte zur Verfügung, tagen in Ecken lärmender Redaktionen, am abgeräumten Tisch in einer Kantine. Es gibt eine Art natürlicher Auslese und einen Kampf ums Dasein unter diesen Veranstaltungen. Die Gesellschaft entwirft sie gewissermaßen, plant sie, sie werden einberufen. Aber wie oft muß sich das wiederholen, bis endlich eine von den vielen glückt, lebensfähig, angepaßt ist, stattfindet. Daß nichts so eintrifft, wie es angesetzt war und man es erwartet – dieser banale Ausdruck für die Wirklichkeit des Lebens kommt hier in jedem Einzelfall so unverbrüchlich und so intensiv zu seinem Recht, daß der russische Fatalismus begreiflich wird. Wenn langsam sich im Kollektivum zivilisatorische Berechnung durchsetzt, so wird das vorderhand die Sache nur verwickeln. (In einem Hause, das nur Kerzen hat, ist man besser versehen, als wo elektrisches Licht angelegt, aber die Kraftzentrale allstündlich gestört ist.) Gefühl für einen Wert der Zeit begegnet, aller »Rationalisierung« ungeachtet, nicht einmal in der Hauptstadt Rußlands selbst. »Trud«, das gewerkschaftliche Institut für Arbeitswissenschaft, hat unter seinem Leiter Gastjeff mit Plakaten eine Kampagne für die Pünktlichkeit geführt. Seit jeher sind viele Uhrmacher in Moskau ansässig. Sie drängen mittelalterlich und zunftgerecht in einzelnen Straßen, am Kusnetzky Most, in der Uliza Gerzena sich zusammen. Man fragt sich, wer sie eigentlich nötig hat. »Zeit ist Geld« – für diesen erstaunlichen Satz wird auf Anschlägen Lenins Autorität beansprucht; so fremd ist das Gefühl dafür den Russen. Sie verspielen sich über allem. (Man möchte sagen, die Minuten sind ein Fusel, von dem sie nie genug bekommen können, sie sind angeheitert von Zeit.) Wenn auf der Straße eine Szene für den Film gekurbelt wird, vergessen sie, warum, wohin sie unterwegs sind, laufen stundenlang mit und kommen verstört ins Amt. Im Zeitgebrauche wird daher der Russe am allerlängsten »asiatisch« bleiben. – Einmal muß ich mich um früh sieben wecken lassen: »Morgen klopfen Sie bitte um sieben.« Damit löse ich bei dem »Schwejzar« – so werden die Hausdiener hier genannt – folgenden Shakespeareschen Monolog aus: »Wenn wir daran denken, dann werden wir wecken, wenn wir aber nicht daran denken, dann werden wir nicht wecken. Eigentlich, meistens denken wir ja daran, dann wecken wir eben. Aber gewiß, wir vergessen auch manchmal, wenn wir nicht daran denken. Dann wecken wir nicht. Verpflichtet sind wir ja nicht, aber wenn es uns richtig einfällt, dann tun wir es doch. Wann wollen Sie denn geweckt werden? Um sieben? Dann wollen wir das aufschreiben. Sie sehen, den Zettel tue ich dahin, da wird er ihn finden. Natürlich, wenn er ihn nicht findet, dann weckt er Sie nicht. Aber meistens wecken wir ja.« – Zeiteinheit ist im Grunde das »Ssitschass«. Das bedeutet »sofort«. Man kann es je nachdem zehn-, zwanzig-, dreißigmal zur Antwort hören und Stunden, Tage oder Wochen daran wenden, bis das derart Versprochene eintrifft. Wie man denn überhaupt nicht leicht die Antwort »Nein« hört. Abschlägiger Bescheid bleibt der Zeit überlassen. Zeitkatastrophen, Zeitzusammenstöße sind daher an der Tagesordnung wie die »Remonte«. Sie machen jede Stunde überreich, jeden Tag erschöpfend, jedes Leben zum Augenblick.

9.

Beförderung in der Trambahn ist in Moskau vor allem eine taktische Erfahrung. Hier lernt der Neuling sich vielleicht am ersten ins sonderbare Tempo dieser Stadt und in den Rhythmus ihrer bäurischen Bevölkerung schicken. Auch wie einander technischer Betrieb und primitive Existenzform ganz und gar durchdringen, dies weltgeschichtliche Experiment im neuen Rußland stellt eine Trambahnfahrt im kleinen an. Die Schaffnerinnen stehen angepelzt auf ihrem Platz in der Elektrischen wie Samojedenfrauen auf dem Schlitten. Ein zähes Stoßen, Drängen, Gegenstoßen bei dem Besteigen eines meistenteils schon bis zum Bersten überfüllten Wagens geht lautlos und in aller Herzlichkeit vonstatten. (Nie habe ich bei der Gelegenheit ein böses Wort vernommen.) Ist man im Innern, so beginnt die Wanderung erst. Durch die vereisten Scheiben kann man nie erkennen, an welcher Stelle sich der Wagen gerade befindet. Erfährt man es, so hilft es noch nicht viel. Der Weg zum Ausgang ist durch einen Menschenkeil verrammelt. Da man nun hinten einzusteigen hat, aber vorn den Wagen verläßt, so hat man sich durch diese Masse durchzufinden.

Meist spielt sich die Beförderung freilich schubweise ab; an wichtigen Stationen wird der Wagen beinahe ganz geräumt. Also ist selbst der Moskauer Verkehr zum guten Teil ein Massenphänomen. So kann man denn auf ganze Schlittenkarawanen stoßen, die in langer Reihe die Straßen versperren, weil Fuhren, die ein Lastauto erfordern, auf fünf, sechs große Schlitten verladen werden. Die Schlitten hier bedenken erst das Pferd, danach den Fahrgast. Sie kennen nicht den kleinsten Überfluß. Ein Futtersack für den Gaul, eine Decke für den Benutzer – und das ist alles. Mehr als zwei haben nicht Platz auf der schmalen Bank, und da es keine Lehne gibt (wenn man nicht eine niedrige Kante so nennen will) muß man bei plötzlichen Kurven gut balancieren. Alles ist auf die schnellste Gangart berechnet; lange Fahrten bei Kälte verträgt man nicht gut und ohnehin sind die Entfernungen in diesem Riesendorfe unabsehbar. Dicht am Bürgersteig lenkt der Iswoschtschik entlang. Der Fahrgast thront nicht, sieht nicht höher hinaus als alle anderen und streift mit seinem Ärmel die Passanten. Auch dies ist für den Tastsinn eine unvergleichliche Erfahrung. Wo Europäer in geschwinder Fahrt Überlegenheit, Herrschaft über die Menge genießen, ist der Moskowiter im kleinen Schlitten dicht unter Menschen und Dinge gemischt. Hat er dann noch ein Kistchen, ein Kind oder einen Korb mitzuführen – für all dies ist der Schlitten das erschwinglichste Beförderungsmittel – so ist er wahrhaft eingekeilt ins Treiben der Straße. Kein Blick von oben herab: ein zärtliches, geschwindes Streifen an Steinen, Menschen und Pferden entlang. Man fühlt sich wie ein Kind, das auf dem Stühlchen durch die Wohnung rutscht.

10.

Weihnachten ist ein Fest des russischen Waldes. Es siedelt sich mit Tannen, Kerzen, Baumschmuck für viele Wochen in den Straßen an. Denn die Adventszeit griechisch-orthodoxer Christen überschneidet sich mit der Weihnacht derjenigen Russen, die das Fest nach westlichem, das heißt nach neuem, staatlichen Kalender feiern. Nirgends sieht man an Tannenbäumen schöneren Behang. Schiffchen, Vögel, Fische, Häuser und Früchte drängen sich bei den Straßenhändlern und in den Läden, und das Kustarny-Museum für Heimatkunst hält jedes Jahr um diese Zeit für all dies eine Art von Mustermesse. An einer Straßenkreuzung fand ich eine Frau, die Baumschmuck verkaufte. Die Glaskugeln, gelbe und rote, funkelten in der Sonne; es war wie ein verzauberter Apfelkorb, wo Rot und Gelb sich in verschiedene Früchte teilen. Tannen durchfahren die Straßen auf niedrigen Schlitten. Die kleinen putzt man nur mit Seidenschleifen; blau, rosa, grün bezopfte Tännchen stehen an den Ecken. Den Kindern aber sagt das weihnachtliche Spielzeug auch ohne einen heiligen Nikolaus, wie es tief aus den Wäldern Rußlands herkommt. Es ist, als ob nur unter russischen Händen das Holz grünt. Grünt – und sich rötet und golden sich überzieht, himmelblau anläuft und schwärzlich erstarrt. »Rot« und »schön« ist russisch *ein* Wort. Gewiß sind die glühenden Scheiter im Ofen die zauberhafteste Verwandlung des russischen Waldes. Nirgends scheint der Kamin so herrlich zu glühen wie hier. Glut aber fängt sich in allen den Hölzern, an denen der Bauer schnitzelt und pinselt. Und wenn der Lack sich dann darüberlegt, ist es gefrorenes Feuer in allen Farben. Gelb und rot auf der Balalaika, schwarz und grün auf der kleinen Garmoschka für Kinder und alle abgestuften Töne in den sechsunddreißig Eiern, von denen immer eines im andern steckt. Aber auch Waldnacht wohnt in dem Holz. Da sind die schweren kleinen Kästen mit dem scharlachroten Innern: außen auf schwarzem, glänzenden Grunde ein Bild. Unter dem Zarentum stand diese Industrie vor dem Erlöschen. Jetzt kommen neben neuen Miniaturen die alten, goldverbrämten Bilder aus dem Bauerndasein wiederum zum Vorschein. Eine Troika mit den drei Rossen jagt in das Dunkel oder ein Mädchen in meerblauem Rock steht neben dem Gebüsch, das grün aufflammt, und wartet in der Nacht auf den Geliebten. Keine Schreckensnacht ist so dunkel wie diese handfeste Lacknacht, in deren Schoß alles, was aus ihr auftaucht, geborgen ist. Ich sah einen Kasten mit einer Frau, die sitzend Zigaretten verkauft. Neben ihr steht ein Kind und will davon holen. Stockdunkle Nacht auch hier. Aber rechts ist ein Stein und links ein blätterloses Bäumchen zu erkennen. Auf der Schürze der Frau liest man »Mosselprom«. Das ist die sowjetistische »Madonna mit den Zigaretten«.

11.

Grün ist der höchste Luxus des Moskauer Winters. Es leuchtet aber aus dem Laden in der Petrowka nicht halb so schön wie die papiernen Bündel künstlicher Nelken, Rosen, Lilien auf der Straße. Auf Märkten haben sie als einzige keinen festen Stand und tauchen bald zwischen Lebensmitteln, bald zwischen Webwaren und Geschirrbuden auf. Aber sie überstrahlen alles, rohes Fleisch, bunte Wolle und glänzende Schüsseln. Andere Sträuße kennt man zu Neujahr. Auf dem Strastnajaplatz sah ich im Vorübergehen lange Gerten, beklebt mit roten, weißen, blauen, grünen Blüten, ein jeder Zweig von einer anderen Farbe. Wenn von Moskauer Blumen die Rede ist, darf man nicht die heroischen Weihnachtsrosen vergessen. Und nicht die riesenhohen Stockrosen aus Lampenschirmen, die der Verkäufer durch die Straßen führt. Auch nicht die gläsernen Kästchen voll Blumen, zwischen denen das Haupt eines Heiligen durchblickt. Und nicht das, was der Frost hier eingibt, die bäurischen Tücher, auf denen die Muster, die mit blauer Wolle ausgenäht sind, Eisblumen an den Scheiben nachbilden. Endlich die glühenden Zuckerbeete auf Torten. Der »Zuckerbäcker« aus den Kindermärchen scheint nur in Moskau noch zu überleben. Nur hier gibt es Gebilde aus nichts als gesponnenem Zucker, süße Zapfen, an denen die Zunge für die bittere Kälte sich schadlos hält. Am innigsten vereinen Schnee und Blüten sich im Zuckerguß; da endlich scheint die marzipanene Flora den Wintertraum von Moskau, aus dem Weiß zu blühen, ganz erfüllt zu haben.

12.

Unter dem Kapitalismus sind Macht und Geld kommensurable Größen geworden. Jede gegebene Menge Geldes ist in eine ganz bestimmte Macht zu konvertieren und der Verkaufswert jeder Macht läßt sich errechnen. So steht es im großen gesehen. Von Korruption kann hierbei nur die Rede sein, wo dieser Vorgang allzu abgekürzt gehandhabt wird. Er hat in sicherem Ineinanderspiel von Presse, Ämtern, Trusts sein Schaltsystem, in dessen Grenzen er durchaus legal bleibt. Der Sowjetstaat hat diese Kommunikation von Geld und Macht unterbunden. Sich selber behält die Partei die Macht vor, das Geld überläßt sie dem NEP-Mann[1]. In der Wahrnehmung irgendwelcher Parteifunktionen, und sei es der höchsten, sich etwas zurückzulegen, die »Zukunft«, wenn auch nur »für die Kinder« sicherzustellen, ist ganz undenkbar. Mitgliedern garantiert die Kommunistische Partei ein allerschmalstes Minimum der Existenz – sie tut es praktisch, ohne eigentliche Verpflichtung. Dagegen kontrolliert sie deren ferneren Erwerb und setzt mit 250 Rubeln monatlich die Höchstgrenze ihres Einkommens fest. Zu mehr kann man es einzig und allein durch literarische Betätigung neben dem Berufe bringen. Solcher Disziplin unterliegt das Leben der herrschenden Klasse. Mit dem Besitze der regierenden Gewalt ist aber deren Macht durchaus noch nicht umschrieben. Rußland ist heute nicht nur Klassen- sondern Kastenstaat. Kastenstaat – das will besagen, daß die gesellschaftliche Geltung eines Bürgers nicht von der repräsentativen Außenseite seiner Existenz – als Kleidung oder Wohnung – sondern einzig von dem Verhältnis zur Partei bestimmt wird. Maßgeblich ist es auch für alle die, die nicht unmittelbar ihr angehören. Auch ihnen stehen Arbeitsfelder offen, sofern sie nicht demonstrativ sich dem Regime versagen. Auch unter ihnen finden die genauesten Unterschiede statt. Aber so übertrieben – oder so überholt – auf der einen Seite die europäische Vorstellung von der staatlichen Unterdrückung Andersgesinnter in Rußland ist, so wenig hat man andrerseits im Ausland von jener furchtbaren gesellschaftlichen Ächtung, welcher der NEP-Mann hier verfällt, Begriff. Es wäre anders auch die Schweigsamkeit, das Mißtrauen nicht zu erklären, das nicht allein dem Fremden gegenüber fühlbar wird. Fragt man hier einen oberflächlichen Bekannten nach seinem Eindruck von einem noch so unwichtigen Stück, einem noch so belanglosen Film, so hat man meist die formelhafte Antwort zu erwarten: »Hier wird gesagt . . .« oder: »Hier herrscht ganz allgemein die Überzeugung . . .« Man dreht das Urteil zehnmal auf der Zunge um, bevor man es vor Fernerstehenden verlautbart. Denn jederzeit kann die Partei beiläufig, unversehens in der »Prawda« Stellung nehmen und niemand will sich gern desavouiert sehen. Weil zuverlässige Gesinnung, wenn nicht das alleinige Gut, so für die meisten einzige Bürgschaft anderer Güter ist, geht jedermann mit seinem Namen und mit seiner Stimme so behutsam um, daß

1 NEP – Neue Ökonomische Politik.

Bürger demokratischer Verfassung ihn nicht begreifen. – Es unterhalten sich zwei gute Bekannte. Im Laufe des Gesprächs sagt der eine: »Da war gestern dieser Michailowitsch bei mir und wollte in meinem Büro eine Stelle haben. Er sagte, er kennt dich.« »Ein tüchtiger Genosse ist er, pünktlich und fleißig.« Und damit reden sie von etwas anderem. Beim Auseinandergehen aber sagt der erste: »Könntest du so gut sein und mir die Auskunft über diesen Michailowitsch mit ein paar Worten bitte schriftlich geben?« – Die Klassenherrschaft hat Symbole aufgegriffen, die der Charakteristik ihres Klassengegners dienen. Und unter ihnen ist vielleicht der Jazz das populärste. Daß man ihn auch in Rußland mit Vergnügen hört, ist nicht erstaunlich. Aber danach zu tanzen ist verboten. Man hat ihn wie ein buntes, giftiges Reptil gewissermaßen hinter Glas verwahrt und so erscheint er denn als Attraktion in den Revuen. Doch immer ein Symbol des »Bourgeois«. Er zählt zu jenen primitiven Requisiten, mit deren Hilfe man in Rußland zu Propagandazwecken ein groteskes Bild des bürgerlichen Typus konstruiert. In Wahrheit ist es öfters nur ein lächerliches, in dem die Disziplin und Überlegenheit des Gegners übersehen wird. In solche schiefe Optik auf den Bürger spielt ein nationalistisches Moment hinein. Rußland war das Besitztum des Zaren. (Ja, wer die unabsehbar gestapelten Kostbarkeiten der Sammlungen im Kreml durchgeht, der ist versucht zu sagen: *ein* Besitztum.) Das Volk aber ist über Nacht zu dessen unermeßlich vermögendem Erben geworden. Es geht jetzt an die große Inventur seines Menschen- und Bodenreichtums. Und diese Arbeit unternimmt es im Bewußtsein, unvorstellbar Schweres bereits geleistet, gegen die Feindschaft eines halben Erdteils die neue Herrschaftsordnung aufgebaut zu haben. In der Bewunderung dieser nationalen Leistung verbinden sich alle Russen. Diese Umformung einer Herrschaftsgewalt macht ja das Leben hier so inhaltschwer. Es ist so in sich abgeschlossen und ereignisreich, arm und im gleichen Atem voller Perspektiven wie ein Goldgräberleben in Klondyke. Es wird von früh bis spät nach Macht gegraben. Die ganze Kombinatorik wesentlicher Existenzen ist überaus ärmlich im Vergleich zu den zahllosen Konstellationen, die hier im Lauf eines Monats den Einzelnen antreten. Freilich kann ein gewisser Rauschzustand die Folge sein, so daß ein Leben ohne Sitzungen und Kommissionen, Debatten, Resolutionen und Abstimmungen (und das alles sind Kriege oder zumindest Manöver des Machtwillens) sich gar nicht mehr vorstellen läßt. Was tut's – die nächsten Generationen Rußlands werden auf dieses Dasein eingestellt sein. Seine Gesundheit aber hat die eine unerläßliche Voraussetzung: daß nicht (so wie es eines Tages selbst der Kirche widerfuhr) eine schwarze Börse der Macht sich eröffne. Dränge die europäische Korrelation von Macht und Geld auch in Rußland ein, so wäre zwar nicht das Land, vielleicht nicht einmal die Partei, aber der Kommunismus in Rußland verloren. Noch hat man hier nicht europäische Konsumbegriffe und Konsumbedürfnisse. Das hat vor allem wirtschaftliche Gründe. Doch ist es möglich, daß zudem darin noch eine kluge Absicht der Partei sich durchsetzt: Ausgleichung des Konsumniveaus mit Westeuropa, die Feuerprobe für das bolschewistische Beamtentum, in einem freigewählten Augenblick, gestählt und mit der unbedingten Sicherheit des Sieges durchzuführen.

13.

Im Klub der Rotarmisten im Kreml hängt an der Wand die Karte von Europa. Daneben befindet sich eine Kurbel. Wenn man an dieser Kurbel dreht, sieht man folgendes: eine nach der andern leuchtet an allen Orten, die Lenin im Lauf seines Lebens passiert hat, eine kleine elektrische Lampe auf. In Simbirsk, wo er geboren ist, in Kasan, Petersburg, Genf, Paris, Krakau, Zürich, Moskau bis zu seinem Sterbeort Gorki. Andere Städte sind nicht verzeichnet. Die Konturen dieser hölzernen Reliefkarte sind geradlinig, eckig, schematisch gehalten. Auf ihr gleicht Lenins Leben einem kolonisatorischen Eroberungszuge durch Europa. Rußland beginnt dem Manne aus dem Volke Gestalt anzunehmen. Auf der Straße, im Schnee, liegen Landkarten von FSSR[1], aufgestapelt von Straßenhändlern, welche sie ausbieten. Meyerhold verwendet die Landkarte in »D. E.« (»Her mit Europa«!) – der Westen ist darauf ein kompliziertes System kleiner russischer Halbinseln. Die Landkarte ist fast so nahe daran, Zentrum des neuen russischen Ikonenkults zu werden wie Lenins Porträt. Ganz sicher hat das starke Nationalgefühl, welches der Bolschewismus allen Russen ohne Unterschied geschenkt hat, der Karte von

1 Föderation Sozialistischer Sowjet-Republiken.

Europa neue Aktualität gegeben. Man will abmessen, will vergleichen und will vielleicht auch jenen Größenrausch genießen, in den der bloße Blick auf Rußland schon versetzt, Staatsbürgern kann nur dringend angeraten werden, ihr Land sich auf der Karte ihrer Nachbarstaaten anzusehen, Deutschland auf einer Karte Polens, Frankreichs, ja selbst Dänemarks zu studieren; allen Europäern aber, auf einer Karte Rußlands ihr Ländchen als ein zerfasertes, nervöses Territorium weit draußen im Westen liegen zu sehen.

14.

Wie sieht der Literat in einem Lande aus, in dem sein Auftraggeber das Proletariat ist? – Die Theoretiker des Bolschewismus betonen, wie sehr die Lage des Proletariats in Rußland nach dieser siegreichen Revolution von der der Bourgeoisie im Jahre 1789 unterschieden sei. Damals hatte die siegreiche Klasse, bevor die Macht ihr zufiel, in jahrzehntelangen Auseinandersetzungen die Beherrschung des geistigen Apparats sich gesichert. Die intellektuelle Organisation, die Bildung war längst mit der Ideenwelt des tiers état durchsetzt und der geistige Emanzipationskampf vor dem politischen durchgefochten. Im heutigen Rußland liegt das ganz anders. Für Millionen und Abermillionen von Analphabeten sollen die Fundamente einer allgemeinen Bildung erst gelegt werden. Das ist eine nationalrussische Aufgabe. Die vorrevolutionäre Bildung Rußlands war aber durchaus unspezifisch, europäisch. Das europäische Moment der höheren Bildung, das nationale der elementaren suchen in Rußland den Ausgleich. Das ist die eine Seite der Bildungsfrage. Andrerseits hat der Sieg der Revolution in vielen Gebieten das Tempo der Angleichung an Europa beschleunigt. Gibt es doch Literaten wie Pilnjak, welche im Bolschewismus die Bekrönung des Werkes Peters des Großen sehen. Auf technischem Gebiet ist diesem Kurs, trotz aller Abenteuer seiner ersten Jahre, vermutlich früher oder später der Erfolg gewiß. Anders auf geistigem und wissenschaftlichem. Jetzt zeigt sich in Rußland, daß die europäischen Werte in eben der entstellten, trostlosen Gestaltung popularisiert werden, die sie zuletzt dem Imperialismus zu danken haben. Das zweite akademische Theater – ein staatlich unterstütztes Institut – bringt eine Aufführung der »Orestie«, in der verstaubtes Griechentum sich so verlogen wie auf der Bühne eines deutschen Hoftheaters spreizt. Und da die marmorstarre Geste nicht allein in sich verderbt, sondern dazu Kopie der Hofschauspielerei im revolutionären Moskau ist, wirkt sie noch trister als in Stuttgart oder in Anhalt. Die russische Akademie der Wissenschaften ihrerseits hat einen Mann wie Walzel – Durchschnittstyp des neueren schöngeistigen Hochschullehrers – zu ihrem Mitglied gemacht. Wahrscheinlich sind die einzigen Kulturverhältnisse des Westens, für welche Rußland so lebendiges Verständnis mitbringt, daß sich die Auseinandersetzung mit ihnen verlohnt, die von Amerika. Dagegen ist die kulturelle »Annäherung« als solche (ohne das Fundament konkretester wirtschaftlicher, politischer Gemeinschaft) ein Interesse der pazifistischen Spielart des Imperialismus, kommt nur betriebsamen Schwätzern zustatten und ist für Rußland Restaurationserscheinung. Das Land ist weniger noch durch Grenzen und Zensur vom Westen abgeschlossen als durch die Intensität eines Daseins, das ohne Vergleich mit dem europäischen ist. Genauer gesagt: die Fühlung mit dem Ausland geht durch die Partei und betrifft hauptsächlich politische Fragen. Die alte Bourgeoisie ist vernichtet; die neue ist materiell und geistig nicht in der Lage, Beziehungen zum Ausland zu vermitteln. Unzweifelhaft weiß man in Rußland vom Ausland weit weniger als man im Ausland (etwa mit Ausnahme der romanischen Länder) von Rußland weiß. Wenn eine große russische Kapazität im gleichen Atem Proust und Bronnen als Autoren nennt, welche im Umkreise sexueller Problematik ihre Stoffe wählen, so zeigt das deutlich die verkürzte Perspektive, in der von hier aus Europäisches erscheint. Wenn aber einer unter Rußlands führenden Autoren gesprächsweise als einen von den großen Dichtern, die vor der Erfindung der Buchdruckerkunst geschaffen haben, Shakespeare anführt, so kann ein solcher Mangel an Schulung nur aus den ganz veränderten Bedingungen russischen Schrifttums überhaupt begriffen werden. Thesen und Dogmen, welche in Europa – freilich nur erst seit zwei Jahrhunderten – als kunstfremd und indiskutabel unter Literaten gelten, sind in Kritik und Produktion des neuen Rußlands ausschlaggebend. Tendenz und Stoffkreis werden für das Wichtigste erklärt. Formale Kontroversen spielten noch zur Zeit des Bürgerkriegs bisweilen eine nicht geringe Rolle. Nun sind sie verstummt. Und heute ist die Lehre offiziell, daß Stoff, nicht Form über die revolutionäre oder die konterrevolutionäre Haltung eines Werkes entscheide. Durch solche Lehren wird dem Literaten genau so unwiderruflich der Boden entzogen, wie das die Wirtschaft materiell getan hat. Rußland ist hier der westlichen Entwicklung voraus – nicht aber so weit wie man glaubt. Denn früher oder später muß mit dem Mittelstande, der im Ringen von Kapital und Arbeit zerrieben wird, auch der »freie« Schriftsteller untergehen. In Rußland ist der Vorgang abgeschlossen: der Intellektuelle ist vor allem Funktionär, arbeitet im Zensur-, Justiz-, Finanzdepartement, ist, wo er nicht dem Untergang verfällt, Teilhaber an der Arbeit – das heißt aber, in Rußland, an der Macht. Er ist ein Angehöriger der herrschenden Klasse. Unter seinen verschiedenen Organisationen ist die vorgeschobenste WAPP, der allgemeine russische Verband der proletarischen Schriftsteller. Sie bekennt sich zum Gedanken der Diktatur auch im Gebiete des geistigen Schaffens. Damit trägt sie der russischen Wirklichkeit Rechnung: die Überführung der geistigen Produktionsmittel in den Besitz der Allgemeinheit läßt nur scheinbar von der der materiellen sich sondern. Fürs erste kann der Proletarier sich an beiden nur unterm Schutz der Diktatur ausbilden.

15.

Hin und wieder stößt man auf Trambahnwagen, die ringsherum mit Bildern von Betrieben, von Massenmeetings, roten Regimentern, kommunistischen Agitatoren bemalt sind. Das sind Geschenke, die von der Belegschaft irgendeiner Fabrik dem Moskauer Sowjet gemacht worden sind. Auf diesen Wagen laufen nur die einzigen politischen Plakate, die heute noch in Moskau zu sehen sind. Aber es sind bei weitem die interessantesten. Denn unbeholfenere Geschäftsplakate als hier sieht man nirgends. Das trostlose Niveau der Bildreklame ist die einzige Ähnlichkeit zwischen Paris und Moskau. Zahllose Mauern um Kirchen und Klöster bieten ringsum die schönsten Anschlagflächen. Aber längst sind die Konstruktivisten, Suprematisten, Abstraktivisten, die während des Kriegskommunismus ihre graphische Propaganda in den Dienst der Revolution gestellt haben, entlassen. Heute verlangt man nur banale Deutlichkeit. Die meisten dieser Plakate stoßen den Westler ab. Moskauer Läden aber laden wirklich ein; sie haben etwas von Wirtshäusern an sich. Die Firmenschilder weisen senkrecht in die Straßen, wie sonst nur alte Gasthausembleme, goldene Friseurbecken oder allenfalls vor einem Hutgeschäfte ein Zylinder. Auch finden sich vereinzelt hier am ehesten noch hübsche, unverdorbene Motive: Schuhe fallen aus einem Korb; mit einer Sandale im Maul rennt ein Spitz davon. Vorm Eingang einer türkischen Küche Pendants: Herren mit fezgeschmücktem Haupte je vor einem Tischchen. Für einen primitiven Geschmack ist Anpreisung noch immer an Erzählung, an Beispiel oder Anekdote gebunden. Dagegen überzeugt die westliche Reklame in erster Linie durch den Kostenaufwand, welchem die Firma sich gewachsen zeigt. Hier gibt fast jede Aufschrift noch die Ware an. Die große schlagende Devise ist dem Handel fremd. Die Stadt, die so erfinderisch in Abkürzungen aller Art ist, besitzt noch nicht die einfachste – den Firmennamen. Oft leuchtet Moskaus Abendhimmel in erschreckendem Blau: dann hat man, ohne es zu merken, durch eine der riesigen blauen Brillen dareingesehen, die vor den Optikerläden wie Wegweiser vorstoßen. Aus den Torbogen, an den Rahmen der Hausportale springt in verschieden großen schwarzen, blauen, gelben und roten Buchstaben, als Pfeil, als Bild von Stiefeln oder frisch gebügelter Wäsche, als ausgetretene Stufe oder als solider Treppenabsatz ein stumm in sich verbissenes, streitendes Leben die Passanten an. Man muß in der Tram die Straßen durchfahren haben, um aufzufangen, wie sich dieser Kampf durch die Etagen fortsetzt, um endlich auf Dächern in sein entscheidendes Stadium zu treten. Bis dort hinauf halten allein die stärksten, jüngsten Parolen und Wahrzeichen durch. Erst vom Flugzeug aus hat man die industrielle Elite der Stadt, Kino- und Auto-Industrie, vor Augen. Meist aber sind die Dächer Moskaus unbelebtes Ödland und haben weder die strahlende Laufschrift der Berliner, noch den Schornsteinwald der Pariser oder die sonnige Einsamkeit südlicher Großstadtdächer.

16.

Wer ein russisches Klassenzimmer zum erstenmal betritt, wird überrascht stehenbleiben. Die Wände starren von Bildern, Zeichnungen und Pappmodellen. Es sind Tempelmauern, an die die

Kinder als Geschenke an das Kollektivum tagtäglich ihre eigenen Werke stiften. Das Rot herrscht vor; sie sind durchsetzt von Sowjet-Emblemen und Leninköpfen. Ähnliches kann man in vielen Klubs sehen. Wandzeitungen sind für Erwachsene Schemata derselben kollektiven Äußerungsform. Sie sind entstanden aus der Not des Bürgerkrieges, als es an vielen Orten weder Druckpapier noch Druckerschwärze mehr gab. Heute sind sie im öffentlichen Leben der Betriebe obligat. Jede Leninecke hat ihre Wandzeitung, die je nach den Betrieben und Verfassern ihre Art verändert. Durchgehend ist nur die naive Freudigkeit: farbige Bilder und dazwischen Prosa oder Vers. Die Zeitung ist die Chronik des Kollektivs. Sie gibt statistische Erhebungen aber auch scherzhafte Kritik an Genossen, mischt darunter Vorschläge zur Betriebsverbesserung oder Aufrufe zu gemeinsamen Hilfsaktionen. Aufschriften, Warnungstafeln und Lehrbilder bedecken auch sonst die Wände der Leninecke. Selbst im Betrieb ist jeder wie umstellt von farbigen Plakaten, die alle Schrecken der Maschine beschwören. Da ist ein Arbeiter dargestellt, wie sein Arm zwischen die Speichen eines Triebrads gerät, ein anderer, wie er in der Trunkenheit durch Kurzschluß eine Explosion hervorruft, ein dritter, wie er mit dem Knie zwischen zwei Kolben kommt. Im Ausleihraum der Rotarmistenbücherei hängt eine Tafel, deren kurzer Text mit vielen hübschen Zeichnungen verdeutlicht, auf wieviel Arten sich ein Buch verderben läßt. In Hunderttausenden von Exemplaren ist durch ganz Rußland ein Plakat zur Einführung der Maße, welche in Europa üblich sind, verbreitet. Meter, Liter, Kilogramm usw. müssen in jeder Gastwirtschaft plakatiert werden. Auch in dem Lesesaal des Bauernklubs an der Trubnaja Ploschtschad sind die Wände mit Anschauungsmaterial überdeckt. Dorfchronik, landwirtschaftliche Entwicklung, Produktionstechnik, kulturelle Institutionen sind graphisch in Entwicklungslinien festgehalten, daneben Werkzeugbestandteile, Maschinenstücke, Retorten mit Chemikalien überall an den Wänden zur Schau gestellt. Neugierig trat ich vor eine Konsole, von der zwei Negerfratzen mir entgegengrinsten. Aber beim Näherkommen erwiesen sie sich als Gasmasken. Früher war das Gebäude dieses Klubs eines der ersten Restaurants von Moskau. Die ehemaligen Séparées sind heute Schlafräume für die Bauern und Bäuerinnen, die eine »Kommandirowka« in die Stadt bekommen haben. Dort führt man sie durch Sammlungen und Kasernen, hält Kurse und Bildungsabende für sie ab. Bisweilen gibt es auch ein pädagogisches Theater in der Form der »Gerichtsverhandlung«. Da füllen dann etwa dreihundert Menschen, sitzend und stehend, den rotausgeschlagenen Saal bis hinein in die letzten Winkel. In einer Nische die Leninbüste. Verhandelt wird auf einer Bühne, vor welcher rechts und links gemalte Proletariertypen – ein Bauer und ein Industriearbeiter – die »Smitschka« (»Klammer«), die Verklammerung von Stadt und Land verkörpern. Die Beweisaufnahme ist eben beendet, ein Sachverständiger hat das Wort. Er hat mit seinem Assistenten ein Sondertischchen, ihm gegenüber der Tisch des Verteidigers, beide die Schmalseite zum Publikum gewandt. Im Hintergrunde, frontal, der Richtertisch. Davor, in schwarzer Kleidung, sitzt, in ihren Händen einen dicken Ast, die Angeklagte, eine Bäuerin. Sie wird beschuldigt der Kurpfuscherei mit tödlichem Ausgang. Durch einen falschen Eingriff hat sie eine Frau bei der Entbindung ums Leben gebracht. Die Argumentation umkreist nun diesen Fall in monotonen, einfachen Gedankengängen. Der Sachverständige gibt sein Gutachten ab: Schuld an dem Tode der Mutter sei nur der falsche Eingriff. Der Verteidiger aber plädiert: Kein böser Wille; auf dem Lande fehle es an sanitärer Hilfe und hygienischer Belehrung. Schlußwort der Angeklagten: Nitschewo, es haben immer Menschen dabei sterben müssen. Der Staatsanwalt beantragt Todesstrafe. Dann wendet sich der Vorsitzende an die Versammlung: Sind Fragen zu stellen? Aber auf der Estrade erscheint nur ein Komsomols und fordert unnachsichtliche Bestrafung. Das Gericht zieht sich zur Beratung zurück. Nach kurzer Pause folgt das Urteil, das im Stehen vernommen wird: zwei Jahre Gefängnis unter Zubilligung mildernder Umstände. Von Einzelhaft wird daher abgesehen. Zum Schluß weist seinerseits der Präsident auf die Notwendigkeit, hygienische und Bildungs-Zentren auf dem flachen Lande zu errichten, hin. Solche Demonstrationen sind sorgfältig vorbereitet; von Improvisationen kann hier nicht die Rede sein. Um für die Fragen bolschewistischer Moral das Publikum im Sinne der Partei mobil zu machen, kann es kein wirksameres Mittel geben. Einmal wird dergestalt die Trunksucht abgehandelt, ein andermal das Defraudantentum, die Prostitution, der Hooliganismus. Die strengen Formen solcher Bildungsarbeit sind ganz und gar dem Sowjetleben angemessen, sind Niederschläge einer Existenz, die hundertmal am Tage Stellungnahme fordert.

17.

Mit Moskaus Straßen hat es eine eigentümliche Bewandtnis: das russische Dorf spielt in ihnen Versteck. Tritt man durch irgendeine der großen Torfahrten – oft sind sie durch schmiedeeiserne Gitter verschließbar, aber ich habe nie eins versperrt gefunden – dann steht man am Beginn einer geräumigen Siedlung. Da öffnet, breit und ausladend, sich ein Gutshof oder ein Dorf, der Grund ist uneben, Kinder fahren im Schlitten, Schuppen für Holz und Geräte füllen die Winkel, Bäume stehen verstreut, hölzerne Stiegen geben der Hinterfront von Häusern, welche von der Straße her städtisch wirken, das Äußere eines russischen Bauernhauses. Kirchen stehen häufig auf diesen Höfen, nicht anders wie auf einem weiten Dorfplatz. So wächst die Straße um die Dimension der Landschaft. Auch gibt es keine westliche Stadt, die in ihren riesenhaften Plätzen so dörflich gestaltlos und immer wie von schlechtem Wetter, tauendem Schnee oder Regen aufgeweicht daliegt. Kaum einer dieser weiten Plätze trägt ein Denkmal. (Dagegen gibt es in Europa beinahe keinen, dem nicht im 19. Jahrhundert die geheime Struktur durch ein Denkmal profaniert und zerstört worden wäre.) Wie jede andere Stadt, so baut auch Moskau mit Namen eine kleine Welt im Innern auf. Da gibt es ein Kasino, das »Alkasar« heißt, ein Hotel namens »Liverpool«, ein Logierhaus »Tirol«. Bis zu den Zentren des städtischen Wintersports braucht es von da noch immer eine halbe Stunde. Man trifft zwar Schlittschuhläufer, Skifahrer in der ganzen Stadt, aber die Rodelbahn liegt mehr im Innern. Hier starten Schlitten verschiedenster Konstruktion: von einem Brett, das vorn auf Schlittschuhkufen läuft und hinten im Schnee schurrt, bis zu den komfortabelsten Bobsleighs. Nirgends sieht Moskau aus wie die Stadt selber; am ehesten noch wie sein Weichbild. Der nasse Grund, die Bretterbuden, lange Transporte von Rohmaterial, Vieh, das zum Schlächter getrieben wird, dürftige Schenken trifft man in den belebtesten Teilen an. Noch ist die Stadt durchsetzt von hölzernen Häuschen, genau der gleichen slavischen Bauart, wie man sie überall im Umkreis von Berlin trifft. Was als märkischer Steinbau so trostlos wirkt, lockt hier mit schönen Farben aus dem warmen Holz. In den Vorstadtstraßen zu seiten der breiten Alleen wechseln Bauernhütten mit Jugendstilvillen oder der nüchternen Fassade eines achtstöckigen Hauses. Der Schnee liegt hoch, und entsteht mit einmal eine Stille, so kann man glauben, tief im Innern Rußlands in einem Dorf zu sein, das überwintert. Sehnsucht nach Moskau macht nicht nur der Schnee mit seinem Sternenglanz bei Nacht und seinen blumenähnlichen Kristallen tags. Das tut auch der Himmel. Denn immer tritt zwischen geduckten Dächern der Horizont der weiten Ebenen in die Stadt. Nur gegen Abend wird er unsichtbar. Dann aber bringt die Wohnungsnot in Moskau ihren erstaunlichsten Effekt hervor. Durchstreift man in der frühen Dunkelheit die Straßen, so sieht man in den großen und den kleinen Häusern beinahe jedes Fenster hell erleuchtet. Wäre der Lichtschein, der von ihnen ausgeht, nicht so ungleichmäßig, man glaubte, eine Illumination vor sich zu haben.

18.

Die Kirchen sind fast verstummt. Die Stadt ist so gut wie befreit von dem Glockengeläut, das sonntags über unsere großen Städte eine so tiefe Traurigkeit verbreitet. Aber noch gibt es in ganz Moskau vielleicht keine Stelle, von der aus nicht zumindest *eine* Kirche sichtbar ist. Genauer: auf welcher man nicht mindestens von *einer* Kirche überwacht würde. Der Untertan des Zaren war in dieser Stadt von mehr als vierhundert Kapellen und Kirchen, will sagen von zweitausend Kuppeln rings umstellt, die allerorten in den Ecken sich verborgen halten, einander decken, über Mauern lugen. Eine Ochrana der Architektur war um ihn. All diese Kirchen wahrten ihr Inkognito. Es stoßen nirgends hohe Türme in den Himmel. Mit der Zeit erst gewöhnt man sich, die langen Mauern und Haufen von niedrigen Kuppeln zum Komplexe von Klosterkirchen zusammenzufassen. Dann wird auch klar, warum an vielen Stellen Moskau so abgedichtet wirkt wie eine Festung; die Klöster tragen heute noch die Spuren der alten wehrhaften Bestimmung an sich. Hier ist Byzanz mit seinen tausend Kuppeln nicht das Wunder, das sich der Europäer von ihm erträumt. Die meisten Kirchen sind nach einer schalen und süßlichen Schablone aufgeführt: ihre blauen, grünen und goldenen Kuppeln sind ein kandierter Orient. Betritt man eine dieser Kirchen, so findet man zuerst ein geräumiges Vorzimmer mit einigen spärlichen Heiligenbildern. Es ist düster, sein Halbdunkel eignet sich zu Konspirationen. In solchen Räumen kann man sich über die bedenklichsten Geschäfte, wenn es sich trifft auch über Pogrome, beraten. Daran stößt der einzige Andachtsraum. Im Hintergrunde hat er ein paar Treppchen, die zu der schmalen, niedrigen Estrade führen, auf der man an den Heiligenbildern sich entlang schiebt, zu der Ikonostase. In kurzem Abstand folgt Altar auf Altar, ein glimmendes, rotes Lichtchen bezeichnet jeden. Die Seitenflächen werden von großen Heiligenbildern eingenommen. Alle Teile der Wand, die so nicht mit Bildern bedeckt sind, sind mit leuchtendem Goldblech bezogen. Von der kitschig gemalten Decke hängt ein kristallner Kronleuchter herab. Dennoch beleuchten immer nur Kerzen den Raum, einen Salon mit geheiligten Wänden, vor denen das Zeremoniell sich abrollt. Die großen Bilder werden durch Bekreuzigen gegrüßt, dann folgt ein Kniefall, bei dem die Stirn den Boden berühren muß, und unter neuer Bekreuzigung wendet der Betende oder Büßende sich zu dem nächsten. Vor kleinen, verglasten Bildern, welche gereiht oder vereinzelt auf Pulten liegen, unterbleibt der Kniefall. Man beugt sich über sie und küßt das Glas. Auf solchen Pulten sind neben kostbarsten alten Ikonen Serien der schreiendsten Öldrucke ausgelegt. Viele Heiligenbilder haben außen an der Fassade Posten bezogen und blicken von den obersten Gesimsen unter dem blechernen Wetterdach wie geflüchtete Vögel hinunter. Aus ihren geneigten Retortenköpfen spricht Trübsal. Byzanz scheint keine eigene Form des Kirchenfensters zu kennen. Ein zauberischer Eindruck, der nicht anheimelnd ist: die profanen, unscheinbaren Fenster, die aus Versammlungsräumen und Türmen der Kirche wie aus Wohnräumen auf die Straße gehen. Dahinter haust der orthodoxe Priester wie der Bonze in seiner Pagode. Die unteren Teile der Basilius-Kathedrale könnten der Grundstock eines herrlichen Bojaren-Hauses sein. Wenn man jedoch von Westen her den roten Platz betritt, erheben ihre Kuppeln sich allmählich am Himmel wie ein Rudel feuriger Sonnen. Immer behält dieser Bau sich etwas zurück, und überrumpeln könnte die Betrachtung ihn einzig von der Höhe des Flugzeuges aus, gegen das die Erbauer sich zu salvieren vergaßen.

Man hat das Innere nicht nur ausgeräumt sondern wie ein erlegtes Wild es ausgeweidet. (Und anders konnte es wohl auch nicht enden, denn selbst im Jahre 1920 hat man hier noch mit fanatischer Inbrunst gebetet.) Mit der Entfernung des gesamten Inventars ist das bunte vegetabilische Geschlinge, das durch alle Gänge und Wölbungen als Wandmalerei fortwuchert, hoffnungslos bloßgestellt; eine gewiß viel ältere Bemalung, die sparsam in den Innenräumen die Erinnerung an die farbigen Spiralen der Kuppeln wachhielt, verzerrt sie nun in eine triste Spielerei des Rokoko. Die gewölbten Gänge sind eng, weiten sich plötzlich zu Altarnischen oder runden Kapellen, in die von oben aus den hohen Fenstern so wenig Licht dringt, daß einzelne Devotionalien, die man stehen ließ, kaum erkennbar sind. Viele Kirchen stehen so ungepflegt und so leer. Aber die Glut, die von Altären nur vereinzelt noch in den Schnee hinausleuchtet, ist wohlbewahrt geblieben in den hölzernen Budenstädten. In ihren schneebedeckten engen Gängen ist es still. Man hört nur den leisen Jargon der Kleiderjuden, die da ihren Stand neben dem Kram der Papierhändlerin haben, die versteckt hinter silbernen Ketten thront, Lametta und wattierte Weihnachtsmänner vors Gesicht gezogen hat wie eine Orientalin ihren Schleier.

19.

Noch der mühseligste Moskauer Werktag hat zwei Koordinaten, welche jeden Augenblick in ihm sinnlich bestimmen werden als Erwartung und Erfüllung. Das ist die Vertikale der Mahlzeiten, gekreuzt von der abendlichen Horizontale des Schauspiels. Man ist von beiden niemals weit entfernt. Moskau steht voller Wirtschaften und Theater. Posten mit Näschereien patrouillieren durch die Straßen, viele der großen Lebensmittelhäuser schließen erst gegen elf Uhr in der Nacht und an den Ecken öffnen sich Tee- und Bierstuben. »Tschainaja«, »Piwnaja« – meist aber beides – hat man auf einen Hintergrund gepinselt, auf dem ein stumpfes Grün vom oberen Rand her allmählich und verdrossen in ein schmutziges Gelb verläuft. Zum Bier gibt es eigentümliche Zukost: winzige Stückchen getrocknetes Weißbrot, Schwarzbrot mit einer Salzkruste überbacken und getrocknete Erbsen in Salzwasser. In gewissen Kneipen kann man so tafeln und noch dazu an einer primitiven »Inszenirowka« seine Freude haben. Man nennt so einen epischen oder lyrischen Stoff, der für das Theater verarbeitet wurde. Oft sind es schnöd in Chöre aufgeteilte Volksgesänge. In dem Orchester solcher Volksmusik lassen sich neben Ziehharmoniken und Geigen manchmal als Instrumente Rechenbretter hören. (Sie stehen in allen Läden und Büros. Nicht die kleinste Verrechnung ist ohne sie denkbar.) Der Wärmerausch, der beim Betreten dieser Stuben, beim heißen Tee, beim Genuß der scharfen Sakuska den Gast überkommt, ist Moskaus heimlichste Winterwollust. Darum kennt der die Stadt nicht, der sie nicht im Schnee kennt. Denn es will jede Gegend in der Jahreszeit bereist sein, in welche das Extrem ihres Klimas fällt. Ihm ist sie ja vor allem angepaßt und erst aus dieser Anpassung versteht man sie. In Moskau ist das Leben im Winter um eine Dimension reicher. Der Raum verändert sich buchstäblich je nachdem er heiß oder kalt ist. Man lebt auf der Straße wie in einem frostigen Spiegelsaal, jedes Einhalten und Besinnen fällt unglaublich schwer. Es braucht schon einen halbtägigen Vorsatz, um einen fertig adressierten Brief in den Kasten zu stecken und trotz der strengen Kälte bedeutet es eine Willensleistung, in ein Geschäft zu gehen um etwas zu kaufen. Doch hat man endlich ein Lokal gefunden, dann mag der Tisch bestellt sein wie er will – mit Wodka, der hier mit Kräutern versetzt wird, mit Kuchen oder einer Tasse Tee: Wärme macht Zeit im Verrinnen selber zum Rauschtrank. Sie fließt in den Ermüdeten hinein wie Honig.

20.

Am Todestage Lenins zeigen viele sich mit Trauerbinden. Die ganze Stadt flaggt mindestens drei Tage Halbmast. Viele der schwarzumflorten Fähnchen aber bleiben, da sie nun einmal hängen, ein, zwei Wochen draußen. Die Trauer Rußlands um den toten Führer ist sicher nicht vergleichbar mit der Haltung, die anderswo das Volk an solchen Tagen einnimmt. Die Generation, die in den Bürgerkriegen aktiv war, wird alt, wenn nicht den Jahren so der Spannkraft nach. Es ist, als hätte die Stabilisierung auch in ihr eigenes Leben eine Ruhe, ja manchmal eine Apathie einziehen lassen, wie sie gewöhnlich erst das Alter bringt. Das »Halt«, das eines Tages mit der NEP die Partei dem Kriegskommunismus entgegensetzte, hat einen fürchterlichen Gegenstoß hervorgerufen, der viele Kämpfer der Bewegung niederwarf. Tausende gaben damals der Partei ihr Mitgliedsbuch zurück. Man weiß von Fällen so vollständiger Deroute, daß aus erprobten Stützen der Partei in wenigen Wochen Defraudanten wurden. Die Trauer um Lenin ist für die Bolschewisten zugleich die Trauer um den heroischen Kommunismus. Die wenigen Jahre, die er nun zurückliegt, sind für das russische Bewußtsein lange Zeit. Das Wirken Lenins hat den Ablauf der Geschehnisse in seiner Ära so beschleunigt, daß sein Erscheinen schnell Vergangenheit, sein Bild schnell fern wird. Jedoch bedeutet in der Optik der Geschichte – darin das Gegenbild der räumlichen – Bewegung in die Ferne Größerwerden. Jetzt gelten andere Befehle als zu Lenins Zeiten, freilich Parolen, die er selbst noch angab. Jetzt macht man jedem Kommunisten klar, die revolutionäre Arbeit dieser Stunde sei nicht Kampf, sei nicht der Bürgerkrieg sondern Kanalbau, Elektrifizierung und Fabrikbau. Das revolutionäre Wesen echter Technik wird immer deutlicher herausgestellt. Wie alles, so auch dies (mit Grund) in Lenins Namen. Dieser Name wächst fort und fort. Es ist bezeichnend, daß dem nüchternen und mit Prognosen sparsamen Bericht der englischen Gewerkschaftsdelegation die Möglichkeit erwähnenswert erschienen ist, »daß, wenn das Andenken Lenins seinen Platz in der Geschichte gefunden hat, dieser große, russische revolutionäre Reformer, selbst heilig gesprochen werden wird«. Schon heute geht der Kultus seines Bildes unabsehbar weit. Man findet ein Geschäft, in dem es als Spezialartikel in allen Größen, Haltungen und Materialien käuflich ist. Als Büste steht es in den Leninecken, als Bronzestatue oder Relief in größeren Klubs, als lebensgroßes Brustbild in den Büros, als kleines Photo in Küchen, Wäschekammern, Vorratsräumen. Es hängt im Vestibül der Orushnaja Palata im Kreml, wie an einem ehemals gottlosen Orte von bekehrten Heiden das Kreuz erstellt wurde. Auch bildet es allmählich seine kanonischen Formen aus. Das allbekannte Bild des Redners ist das häufigste. Doch noch ergreifender und näher spricht vielleicht ein anderes: Lenin am Tisch, gebeugt über ein Exemplar der »Prawda«. So hingegeben an ein ephemeres Blatt erscheint er in der dialektischen Verspannung seines Wesens: den Blick gewiß dem Fernen zugewandt, aber die unermüdete Sorge des Herzens dem Augenblick.

1. Es gibt keinen großen Erfolg, dem nicht wirkliche Leistungen entsprechen. Darum aber anzunehmen, daß diese Leistungen seine Grundlage sind, wäre ein Irrtum. Die Leistungen sind die Folge. Folge des gesteigerten Selbstgefühls und der gesteigerten Arbeitsfreude dessen, der sich anerkannt sieht. Daher eine hohe Forderung, eine geschickte Replik, eine glückliche Transaktion die eigentlichen Leistungen sind, die den großen Erfolgen zugrunde liegen.
2. Genugtuung über die Entlohnung lähmt den Erfolg, Genugtuung über Leistungen steigert ihn. Lohn und Leistung stehen in einem Gewichtsverhältnis; sie liegen in den Schalen einer Waage. Das ganze Schwergewicht der Selbstachtung muß in die Schale der Leistung fallen. So wird die Schale des Entgeltes immer wieder in die Höhe schnellen.
3. Erfolg können auf die Dauer nur die haben, die in ihrem Verhalten von einfachen, durchsichtigen Motiven geleitet scheinen oder wirklich geleitet sind. Die Masse zertrümmert jeden Erfolg, sobald er ihr undurchsichtig, ohne belehrenden, exemplarischen Wert scheint. Von selbst versteht sich: durchsichtig in intellektuellem Sinne braucht dieser Erfolg nicht zu sein. Jede Priesterherrschaft beweist es. Nur muß er einer Vorstellung, genau gesagt: einem Bilde sich einpassen, sei es das Bild der Hierarchie, des Militarismus, der Plutokratie oder welches immer. Daher dem Priester der Beichtstuhl, dem Feldherrn der Orden, dem Finanzier sein Palais. Wer seinen Zoll dem Bilderschatz der Masse nicht entrichtet, muß scheitern.
4. Man macht sich keinen Begriff von dem Hunger nach Eindeutigkeit, der der höchste Affekt jedes Publikums ist. *Eine* Mitte, *ein* Führer, *eine* Losung. Je eindeutiger, desto größer ist der Aktionsradius einer geistigen Manifestation, desto mehr Publikum strömt ihr zu. Man gewinnt »Interesse« für einen Autor – das heißt, man beginnt dessen Formel, ihren primitivsten, eindeutigsten Ausdruck zu suchen. Von dem Moment an wird jedes neue Werk von ihm ein Material, an dem der Leser jene Formel nachzuprüfen, zu präzisieren, zu bewähren trachtet. Im Grunde hat das Publikum bei jedem Autor nur ein Ohr für das, – für jene Botschaft, die er auf seinem Sterbebette, mit brechendem Atem, noch Zeit und Kraft genug besäße ihm zu sagen.

5. Wer schreibt, der kann sich gar nicht genug vergegenwärtigen, wie modern der Verweis auf die »Nachwelt« ist. Er stammt aus einer Epoche, da der freie Literat aufkam, und erklärt sich aus der mangelnden Fundierung seiner Stellung in der Gesellschaft. Der Hinweis auf den Nachruhm war ein Pressionsmittel gegen sie. Noch im siebzehnten Jahrhundert wäre kein Autor auf den Gedanken gekommen, der Mitwelt gegenüber sich auf eine Nachwelt zu berufen. Alle früheren Epochen sind eins in der Überzeugung, daß die Mitwelt die Schlüssel verwahrt, die die Tore des Nachruhms öffnen. Und um wieviel mehr gilt das heute, da jede kommende Generation zu Revisionsverfahren um so weniger Lust und Zeit finden kann, je mehr die Notwehr gegen die massive Unform des ihr überkommenen Erbes verzweifelte Formen annehmen muß.

6. Ruhm, besser Erfolg, ist obligat geworden und bedeutet, heute, durchaus nicht mehr ein superadditum wie früher. Er ist in einer Epoche, da jedes kümmerliche Geschreibsel in Hunderttausenden von Exemplaren verbreitet ist, ein Aggregatzustand des Schrifttums. Je geringer der Erfolg eines Autors, eines Werkes, desto weniger sind sie ganz einfach vorhanden.

7. Bedingung des Sieges: die Freude am äußerlichen Erfolge als solchen. Eine reine, uninteressierte Freude, die sich am besten darin bekundet, daß einer seine Lust am Erfolg hat, auch wenn es der eines Dritten und gerade wenn es ein »unverdienter« gewesen ist. Ein pharisäischer Gerechtigkeitssinn ist eins der größten Hindernisse für jedes Fortkommen.

8. Viel ist angeboren, aber viel tut das Training. Darum wird es niemandem glücken, der sich aufspart, nur immer für die größten Gegenstände sich ins Zeug legt und nicht imstande ist, mitunter für Geringes bis auf das Äußerste sich einzusetzen. Denn, was auch in der großen Verhandlung das Wichtigste ist, lernt er nur so: die Freude am Verhandeln, die bis zur sportlichen Freude am Partner geht, die große Fähigkeit, für Augenblicke das Ziel aus den Augen zu lassen (den Seinigen gibt der Herr es im Schlafe), und endlich und vor allem: Liebenswürdigkeit. Nicht die weichende, plane, bequeme, sondern die überraschende, dialektische, schwungvolle, die, ein Lasso, mit einem Ruck sich den Partner gefügig macht. Und ist nicht die ganze Gesellschaft durchsetzt von Figuren, an denen wir lernen sollen, Erfolg zu haben? Wie in

Galizien die Taschendiebe Strohpuppen, über und über mit Schellen behängte Männchen, zur Ausbildung ihrer Eleven benutzen, so haben wir Kellner, Portiers, Beamte, Prinzipale, an ihnen, wie man mit Liebenswürdigkeit befiehlt, zu üben. Das »Sesam öffne dich« des Erfolges ist das Wort, das die Sprache des Befehls mit der der Fortuna erzeugt hat.

9. Let's hear what you can do! heißt es in Amerika für jeden, der sich um einen Posten bewirbt. Man will jedoch dabei viel weniger hören, was er sagt, als zusehen, wie er sich anstellt. Hier stößt er auf das Geheimnis der Prüfung. Wer prüft, verlangt gewöhnlich gar nichts Besseres, als von der Eignung seines Partners sich überzeugen zu lassen. Nun hat schon jeder die Erfahrung machen können, je öfter er mit einem Faktum, einer Ansicht, einer Formel auftrat, desto mehr verlor sie Suggestivkraft. Kaum je wird unsere Überzeugung andere so bezwingen wie den, der Zeuge war, wie sie in uns entstand. In jeder Prüfung sind daher die größten Chancen nicht beim wohlpräparierten Kandidaten, sondern beim Improvisator. Und aus dem gleichen Grunde geben fast immer die Nebenfragen, Nebensachen den Ausschlag. Der Inquisitor, den wir vor uns haben, verlangt vor allem, daß wir ihn über sein Amt hinwegtäuschen. Gelingt uns das, so ist er dankbar und bereit, uns vieles nachzulassen.

10. An Klugheit, Menschenkenntnis und ähnlichen Gaben ist im wirklichen Leben viel weniger gelegen als man meint. Doch irgend ein Genie wohnt in jedem Erfolgreichen. Nur sollten wir es in abstracto ebensowenig suchen, wie wir das erotische Genie eines Don Juan zu beobachten trachten, wenn er allein ist. Auch der Erfolg ist ein Stelldichein: zur rechten Zeit sich da am rechten Ort zu finden, nichts Kleines. Denn das heißt: die Sprache verstehen, in der das Glück seine Abrede mit uns nimmt. Wie kann nun einer, der nie im Leben diese Sprache gehört hat, über die Genialität des Erfolgreichen urteilen? Er hat von ihr gar keinen Begriff. Ihm gilt alles für Zufall. Daß aber, was er so nennt, in der Grammatik des Glücks dasselbe ist wie in der unsern das unregelmäßige Verbum, nämlich die unverwischte Spur ursprünglicher Kraft, das kommt ihm nicht in den Sinn.

11. Die Struktur jedes Erfolges ist im Grunde die Struktur des Hasards. Von dem eigenen Namen abzustoßen, das war noch immer die gründlichste Art und Weise, mit allen Hemmungen

und Minderwertigkeitsgefühlen bei sich aufzuräumen. Und das Spiel ist solch steeple-chase über das Hürdenfeld des eigenen Ich. Der Spieler ist namenlos, hat keinen eigenen, braucht keinen fremden Namen. Denn das Jeton vertritt ihn, welches dort auf einem ganz bestimmten Platz des Tuches liegt, das grün heißt wie des Lebens goldner Baum und grau ist wie der Asphalt. Und welcher Rausch in dieser Stadt der Chance, diesem Straßennetz des Glücks, sich doppelt, allgegenwärtig machen und an zehn Ecken auf einmal der nahenden Fortuna auflauern zu können.

12. Schwindeln darf einer so viel er will. Aber nie darf er sich als Schwindler fühlen. Hier gibt der Hochstapler das Vorbild schöpferischer Indifferenz. Sein angestammter Name ist die anonyme Sonne, um die sich der Planetenkranz der selbstbeschafften dreht. Geschlechter, Würden, Titel – kleine Welten, die aus dem Glutkern jener Sonne fuhren, um mildes Licht und sanfte Wärme an die Bürgerwelten abzugeben. Ja, sie sind seine Leistung an die Gesellschaft und führen darum jene bona fides mit sich, die dem gerissensten Hochstapler nie, dem armen Schlucker aber fast immer mangelt.

13. Daß das Geheimnis des Erfolges nicht im Geist wohnt, verrät die Sprache mit dem Wort »Geistesgegenwart«. Also nicht das Daß und Wie – allein *das Wo des Geistes* entscheidet. Daß er im Augenblicke und im Raum zugegen sei, das schafft er nur, indem er in den Stimmfall, das Lächeln, das Verstummen, den Blick, die Geste eingeht. Denn Gegenwart des Geistes schafft allein der Leib. Und grade weil der, bei den großen Erfolgsmenschen, die Reserven des Geistes so eisern in Händen hält, spielt jener nur selten draußen seine glänzenden Spiele. Der Erfolg, mit dem Finanzgenies ihre Karriere machten, ist darum doch vom gleichen Schlage wie die Geistesgegenwart, mit der ein Abbé Galiani im Salon operierte. Nur wollen, wie Lenin sagte, heute nicht mehr Menschen, sondern Dinge bewältigt werden. Daher die Stumpfheit, die so oft bei den großen Wirtschaftsmagnaten die höchste Geistesgegenwart besiegelt.

Weimar

I.

In deutschen Kleinstädten kann man sich die Zimmer ohne Fensterbretter gar nicht vorstellen. Selten aber habe ich so breite gesehen wie am Weimarer Marktplatz, im »Elefanten«, wo sie das Zimmer zur Loge machten, aus der mir der Ausblick auf ein Ballett wurde, wie es selbst Ludwig dem Zweiten die Bühnen von Neuschwanstein und Herrenchiemsee nicht bieten konnten. Denn es war ein Ballett in der Frühe. Gegen halb sieben begann man zu stimmen: balkene Bässe, schattende Violinschirme, Blumenflöten und Fruchtpauken. Die Bühne noch fast leer; Marktweiber, keine Käufer. Ich schlief wieder ein. Gegen neun Uhr, als ich erwachte, war's eine Orgie: Märkte sind die Orgien der Morgenstunden, und Hunger läutet, würde Jean Paul gesagt haben, den Tag ein wie Liebe ihn aus. Münzen fuhren synkopierend darein, und langsam schoben und stießen sich Mädchen mit Netzen, die schwellend von allen Seiten zum Genusse ihrer Rundungen luden. Kaum aber fand ich mich angekleidet zu ebener Erde und wollte die Bühne betreten, waren Glanz und Frische dahin. Ich begriff, daß alle Gaben des Morgens wie Sonnenaufgang auf Höhen empfangen sein wollen. Und war nicht, was dies zart gewürfelte Pflaster noch eben beglänzte, ein merkantiles Frührot gewesen? Nun lag es unter Papier und Abfall begraben. Statt Tanz und Musik nur Tausch und Betrieb. Nichts kann so unwiederbringlich wie ein Morgen dahin sein.

II.

Im Goethe-Schiller-Archiv sind Treppenhaus, Säle, Schaukästen, Bibliotheken weiß. Das Auge trifft nicht einen Zoll, wo es ausruhen könnte. Wie Kranke in Hospitälern liegen die Handschriften hingebettet. Aber je länger man diesem barschen Lichte sich aussetzt, desto mehr glaubt man, eine ihrer selbst unbewußte Vernunft auf dem Grunde dieser Anstalten zu erkennen. Wenn langes Krankenlager die Mienen geräumig und still macht und sie zum Spiegel von Regungen werden läßt, die ein gesunder Körper in Entschlüssen, in tausend Arten auszugreifen, zu befehlen zum Ausdruck bringt, kurz, wenn ein Krankenlager den ganzen Menschen in Mimik zurückverwandelt, so liegen diese Blätter nicht umsonst wie Leidende auf ihren Repositorien. Daß alles, was uns heut bewußt und stämmig als Goethes »Werke« in ungezählten Buch-Gestalten entgegentritt, einmal in dieser einzigen, gebrechlichsten, der Schrift, bestanden hat, und daß, was von ihr ausging, nur das Strenge, Läuternde kann gewesen sein, was um Genesende oder Sterbende für die wenigen, die ihnen nahe sind, waltet – wir denken nicht gerne daran. Aber standen nicht auch diese Blätter in einer Krisis? Lief nicht ein Schauer über sie hin, und niemand wußte, ob vom Nahen der Vernichtung oder des Nachruhms? Und sind nicht sie die Einsamkeit der Dichtung? Und das Lager, auf dem sie Einkehr hielt? Sind unter ihren Blättern nicht manche, deren unnennbarer Text nur als Blick oder Hauch aus den stummen, erschütterten Zügen aufsteigt?

III.

Man weiß, wie primitiv das Arbeitszimmer Goethes gewesen ist. Es ist niedrig, es hat keinen Teppich, keine Doppelfenster. Die Möbel sind unansehnlich. Leicht hätte er es anders haben können. Lederne Sessel und Polster gab es auch damals. Dies Zimmer ist in nichts seiner Zeit voraus. Ein Wille hat Figur und Formen in Schranken gehalten; keine sollte des Kerzenlichtes sich schämen müssen, bei dem der alte Mann abends im Schlafrock, die Arme auf ein mißfarbenes Kissen gebreitet, am mittleren Tische saß und studierte. Zu denken, daß die Stille solcher Stunden sich heute nur in den Nächten wiederversammelt. Dürfte man ihr aber lauschen, man verstände die Lebensführung, bestimmt und geschaffen, die nie wiederkehrende Gunst, das gereifteste Gut dieser letzten Jahrzehnte zu ernten, in denen auch der Reiche die Härte des Lebens noch am eigenen Leibe zu spüren hatte. Hier hat der Greis mit der Sorge, der Schuld, der Not die ungeheuren Nächte gefeiert, ehe das höllische Frührot des bürgerlichen Komforts zum Fenster hineinschien. Noch warten wir auf eine Philologie, die diese nächste, bestimmendste Umwelt – die wahrhafte Antike des Dichters – vor uns eröffne. Dies Arbeitszimmer war die cella des kleinen Baus, den Goethe zwei Dingen ganz ausschließlich bestimmt hatte: dem Schlaf und der Arbeit. Man kann gar nicht ermessen, was die Nachbarschaft der winzigen Schlafkammer und dieses einem Schlafgemache gleich abgeschiedenen Arbeitszimmers bedeutet hat. Nur die Schwelle trennte, gleich einer Stufe, bei der Arbeit ihn von dem thronenden Bett. Und schlief er, so wartete daneben sein Werk, um ihn allnächtlich von den Toten loszubitten. Wem ein glücklicher Zufall erlaubt, in diesem Raume sich zu sammeln, erfährt in der Anordnung der vier Stuben, in denen Goethe schlief, las, diktierte und schrieb, die Kräfte, die eine Welt ihm Antwort geben hießen, wenn er das Innerste anschlug. Wir aber müssen eine Welt zum Tönen bringen, um den schwachen Oberton eines Innern erklingen zu lassen.

⟨Zwei Träume⟩

Im Traum – es sind nun schon drei bis vier Tage, daß ich ihn träumte, und er verläßt mich nicht – hatte ich eine Landstraße im dunkelsten Dämmerlicht vor mir. Sie war mit hohen Bäumen zu beiden Seiten bestanden, dazu von einem Wall, der sich hoch erhob, auf der rechten begrenzt. Während ich in einer Gesellschaft, von deren Zahl und Geschlecht ich nichts mehr weiß (nur, daß es mehr als einer war), am Eingang der Straße stand, trat der Sonnenball nebelweiß und ohne alle Strahlungskraft zwischen den Bäumen undeutlich, fast vom Laube verdeckt, hervor, ohne daß es sich merklich erhellte. Mit Windeseile stürzte ich mich – allein – die Landstraße entlang, um des freieren Anblicks teilhaftig zu werden; da verschwand die Sonne alsbald, weder versinkend noch hinter Wolken, sondern als hätte man sie ausgelöscht oder fortgenommen. Augenblicks wurde es schwarze Nacht; ein Regen, der die Straße zu meinen Füßen gänzlich erweichte, begann mit ungeheurer Gewalt zu fallen. Indessen lief ich besinnungslos vor mich hin. Plötzlich zuckte, weder vom Sonnenlicht noch vom Blitz, der Himmel an einer Stelle weißlich auf – »schwedisches Licht« war das, wie ich wußte – und einen Schritt vor mir lag das Meer, in welches mitten hinein die Straße führte. Da lief ich, beseligt durch die nun doch gewonnene Helle und die rechtzeitige Warnung vor Gefahr, im gleichen Sturm und Dunkel wie vorher, triumphierend die Straße zurück.

Ich träumte von einer Schülerrevolte. Dabei spielte Sternheim irgendwie eine Rolle, und später referierte er darüber. In seiner Schrift kam wörtlich der Satz vor: Als man zum erstenmal das junge Denken siebte, fand man darauf genährte Bräute und Brownings.

Paris, die Stadt im Spiegel

Liebeserklärungen der Dichter und Künstler an die »Hauptstadt der Welt«

Unter allen Städten ist keine, die sich inniger mit dem Buche verband als Paris. Wenn Giraudoux recht hat und es das höchste menschlicher Freiheitsgefühle ist, schlendernd dem Lauf eines Flusses zu folgen, führt hier noch der vollendetste Müßiggang, die beglückteste Freiheit also, zum Buch und ins Buch hinein. Denn über die kahlen Seine-Quais hat sich seit Jahrhunderten der Efeu gelehrter Blätter gelegt: Paris ist ein großer Bibliotheksaal, der von der Seine durchströmt wird.

Kein Monument in dieser Stadt, an dem sich nicht ein Meisterwerk der Dichtung inspiriert hätte. Notre Dame – wir denken an den Roman von Victor Hugo. Eiffelturm – Cocteaus »Vermählte auf dem Eiffelturme«, mit Giraudoux' »Gebet auf dem Eiffelturm« sind wir schon auf den schwindelnden Höhen der neuesten Literatur. Die Oper: Mit Leroux' berühmtem Kriminalroman »Das Phantom der Oper« sind wir in den Souterrains dieses Baues und der Literatur zugleich. Der Triumphbogen spannt sich mit Raynals »Grab des unbekannten Soldaten« um die Erde. So unauslöschlich hat sich diese Stadt ins Schrifttum eingezeichnet, weil in ihr selbst ein Geist wirkt, der den Büchern verwandt ist. Hat sie nicht, wie ein routinierter Romancier, von langer Hand die fesselndsten Motive ihres Aufbaues vorbereitet? Da sind die großen Heerstraßen, die von der Porte Maillot, der Porte de Vincennes, der Porte de Versailles den Truppen ehemals den Zugang auf Paris zu sichern hatten. Und eines Morgens, über Nacht, besaß Paris die besten Autostraßen unter allen Städten Europas. Da ist der Eiffelturm – ein reines freies Monument der Technik in sportlichem Geiste – und eines Tages über Nacht, eine europäische

Radiostation. Und die unabsehbaren leeren Plätze: sind sie nicht feierliche Seiten, Vollbilder in den Bänden der Weltgeschichte? In roten Ziffern leuchtet das Jahr 1789 auf der Place de Grèves. Von dem Gewinkel der Dächer umgeben auf jener Place des Vosges, wo er den Tod fand: Henri II. Mit verwischten Zügen eine unentzifferbare Schrift auf jener Place Maubert, ehemals der Zugang zum finsteren Paris. Bei der Wechselwirkung zwischen Stadt und Buch ist einer dieser Plätze in die Bibliotheken hineingewandert: auf den berühmten Didot-Drucken des vorigen Jahrhunderts steht als Signet die Place du Panthéon.

Wenn das literarische Spektrum der Stadt von dem geschliffenen prismatischen Verstande auseinandergefaltet wird, so sehen, je weiter wir uns von der Mitte den Rändern nähern, die Bücher um so seltsamer aus. Es gibt ein ultraviolettes und ein ultrarotes Wissen um diese Stadt, die sich beide nicht mehr in die Form des Buches zwängen lassen: Photo und Stadtplan, – das genaueste Wissen vom Einzelnen und vom Ganzen. Wir haben von diesen äußersten Rändern des Blickfeldes die schönsten Proben. Wer je in einer fremden Stadt an einer Straßenecke bei schlechtem Wetter mit einem der großen papierenen Pläne hantieren mußte, die bei jedem Windzuge wie Segel schwellen, an jeder Kante reißen und bald nur noch ein Häufchen schmutziger Blätter sind, mit denen man sich quält, erfährt aus dem Studium des Plan Taride, was ein Stadtplan sein kann. Und was die Stadt ist. Denn ganze Viertel erschließen ihr Geheimnis in ihren Straßennamen. An dem großen Platz vor der Gare St. Lazare hat man halb Frankreich und halb Europa um sich. Namen wie Havre, Anjou, Provence, Rouen, Londres, Amsterdam, Constantinople ziehen sich durch die grauen Straßen wie durch graue Seide changierende Bänder. Das ist das sogenannte Viertel Europe. So kann man Stück für Stück die Straßen auf der Karte, kann freilich auch »Straße für Straße, Haus für Haus« die Stadt in dem riesigen Werke durchgehen, in dem um die Mitte des neunzehnten Jahrhunderts Lefeuve, der Hofhistoriograph Napoleons III., alles Wissenswerte gesammelt hat. Das Werk gibt schon im Titel einen Begriff von dem, was einer zu gewärtigen hat, der dieser Literatur sich nähert, der auch nur versuchen würde, die hundert Seiten unter dem Stichwort »Paris« durchzustudieren, die der Katalog der Kaiserlichen Bibliothek enthält. Der aber wurde schon im Jahre 1867 abgeschlossen. Der irrt, der hier nur wissenschaftliches Schrifttum, Archivarisches, Topographisches oder Geschichtliches anzutreffen erwartet. Nicht der kleinste Teil dieser Büchermasse sind Liebeserklärungen an die »Hauptstadt der Welt«. Und daß sie meist von Fremden stammen, ist nichts Neues. Fast immer sind die leidenschaftlichsten Galane dieser Stadt von draußen gekommen. Und ihre Kette spannt sich um die ganze Erde. Da ist Nguyen-Trong-Hiêp, der 1897 in Hanoi sein Preisgedicht auf die französische Hauptstadt erscheinen ließ. Da ist, um nur die jüngste zu nennen, die rumänische Prinzessin Bibesco, deren reizende »Catherine-Paris« den galizischen Schlössern, der polnischen Hocharistokratie, ihrem Gatten, dem Grafen Leopolski, entflieht, um die Heimat ihrer Wahl zurückzugewinnen. In Wahrheit scheint es sich in diesem Leopolski um den Fürsten Adam Chartoryski zu handeln. Und in Polen hat das Buch nicht viel Liebe gefunden... Nicht alle Anbeter aber haben der Stadt ihre Verehrung als Roman oder als Gedicht zu Füßen gelegt: Erst kürzlich hat Mario von Bucovich in der Photographie seiner Neigung einen schönen, glaubhaften Ausdruck gegeben, und Morand hat ihm in einem Vorwort zu diesem Album das Recht auf seine Liebe bestätigt.

In tausend Augen, tausend Objektiven spiegelt sich die Stadt. Denn nicht nur Himmel und Atmosphäre, nicht nur Lichtreklamen auf den abendlichen Boulevards haben aus Paris die »Ville Lumière« gemacht. – Paris ist die Spiegelstadt: Spiegelglatt der Asphalt seiner Autostraßen. Vor allen Bistros gläserne Verschläge: die Frauen sehen sich hier noch mehr als anderswo. Aus diesen Spiegeln ist die Schönheit der Pariserin getreten. Bevor der Mann sie erblickt, haben sie schon zehn Spiegel geprüft. Ein Überfluß von Spiegeln umfängt auch den Mann, zumal im Café (um es innen heller zu machen und all den winzigen Gehegen und Ställchen, in die Pariser Lokale zerfallen, eine erfreuliche Weite zu geben). Spiegel sind das geistige Element dieser Stadt, ihr Wappenschild, in das sich noch immer die Embleme sämtlicher Dichterschulen eingezeichnet haben.

Wie Spiegel jeden Reflex prompt, nur symmetrisch verschoben, zurückgeben, tut dies auch die Schlagworttechnik der Komödien von Marivaux: Spiegel werfen das bewegte Draußen, die Straße,

in das Intérieur eines Caféhauses, wie ein Hugo, ein Vigny es liebten, Milieus einzufangen und ihre Erzählungen vor einen »historischen Hintergrund« zu stellen.
Die Spiegel, die trüb und ungepflegt in den Kneipen hängen, sind das Sinnbild von Zolas Naturalismus; wie sie einander in unabsehbarer Reihe spiegeln, ein Gegenstück zu der unendlichen Erinnerung der Erinnerung, in die sich unter der Feder von Marcel Proust sein eigenes Leben verwandelt hat. Jene neueste Photosammlung »Paris« schließt mit dem Bilde der Seine. Sie ist der große, immer wache Spiegel von Paris. Tagtäglich wirft es seine festen Bauten und seine Wolkenträume als Bilder in diesen Fluß. Er nimmt die Opfergaben gnädig an, und er bricht sie zum Zeichen seiner Gunst in tausend Stücke.

Marseille

La rue... seul champ d'expérience valable.
André Breton

Marseille – gelbes, angestocktes Seehundsgebiß, dem das salzige Wasser zwischen den Zähnen herausfließt. Schnappt dieser Rachen nach den schwarzen und braunen Proletenleibern, mit denen die Schiffskompagnien ihn nach dem Fahrplan füttern, so dringt ein Gestank von Öl, Urin und Druckerschwärze daraus hervor. Der ist vom Zahnstein, der an den wuchtigen Kiefern festbackt: Zeitungskioske, Retiraden und Austernstände. Das Hafenvolk ist eine Bazillenkultur; Lastträger und Huren menschenähnliche Fäulnisprodukte. Im Gaumen aber sieht es rosa aus. Das ist hier die Farbe der Schande, des Elends. Bucklige kleiden sich so und Bettlerinnen. Und den entfärbten Weibern der rue Bouterie gibt das einzige Kleidungsstück die einzige Farbe: rosa Hemden.

»Les bricks«, so heißt das Hurenviertel nach den Leichtern, die hundert Schritt davon an der Mole des alten Hafens vertaut sind. Ein unübersehbarer Fundus von Stufen, Bögen, Brücken, Erkern und Kellern. Er scheint auf seinen richtigen Gebrauch, die zweckentsprechende Verwendung, noch zu warten. Allein er hat sie.

Denn dies Depot von ausgedienten Gassen ist das Hurenviertel. Unsichtbar verlaufen die Striche, die das Terrain scharf und eckig wie afrikanische Kolonien unter die Berechtigten abteilen. Die Huren sind strategisch placiert, auf einen Wink bereit, Unschlüssige zu umzingeln, den Widerspenstigen wie einen Ball von einer Straßenseite zur anderen sich zuzuspielen. Wenn er sonst nichts bei diesem Spiele einbüßt, ist es sein Hut. Ist einer schon so tief in diesen Häuserkehricht eingedrungen, um auf das Innerste im Gynezeum, die Kammer zu geraten, wo die erbeuteten Embleme der Männlichkeit: Canots, Melonen, Jägerhüte, Borsalinos, Jockeimützen auf Konsolen gereiht oder an Rechen geschichtet hängen? – Durch Kneipen hindurch trifft der Blick auf die See. So zieht die Gasse durch eine Reihe unbescholtener Häuser wie von schämiger Hand gegen den Hafen gedeckt sich dahin. An dieser schämigen, triefenden Hand aber glänzt, ein Siegelring am harten Finger eines Fischerweibs, das alte hôtel de ville. Hier haben vor zweihundert Jahren Patrizierhäuser gestanden. Ihre hochbusigen Nymphen, ihre schlangenumwundenen Medusenhäupter überm verwitterten Türrahmen sind jetzt erst deutlich, Zunft- und Gildenzeichen geworden. Es sei denn, man hätte Schilder darüber gehängt, wie die Hebamme Bianchamori das ihre, auf dem sie, an eine Säule gelehnt, allen Kupplerinnen des Viertels die Stirne bietet und lässig auf ein stämmiges Bübchen weist, das im Begriff steht, sich aus einer Eierschale zu befreien.

Geräusche. Oben in den menschenleeren Straßen des Hafenviertels sitzen sie so dicht und so locker wie in heißen Beeten die Schmetterlinge. Jeder Schritt schreckt ein Lied, einen Streit, Klatschen triefenden Leinzeugs, Brettergerassel, Säuglingsgejammer, Klirren von Eimern auf. Nur muß man sich allein hierher verloren haben, um ihnen mit dem Kescher nachzufolgen, wenn sie taumelnd in die Stille entflattern. Denn noch haben in diesen verlassenen Winkeln alle Laute und Dinge ihr eigenes Schweigen, wie es um Mittag auf Höhen ein Schweigen der Hähne, ein Schweigen der Axt, ein Schweigen der Grillen gibt. Aber die Jagd ist gefährlich und zuletzt bricht der Häscher zusammen, wenn ihn wie eine riesenhafte Hornisse von hinten ein Schleifstein mit dem zischenden Stachel durchbohrt.

Notre Dame de la Garde. Der Hügel, von dem sie herabblickt, ist der Sternenmantel der Gottesmutter, in den die Häuser der Cité Chabas sich einschmiegen. Nachts bilden die Laternen in seinem samtenen Innern Sternenbilder, die noch keinen Namen haben. Er hat einen Reißverschluß: die Kabine unten am stählernen Bande der Zahnradbahn ist das Kleinod, aus dessen gefärbten Butzenscheiben die Welt zurückstrahlt. Ein ausgedientes Fort ist ihr heiliger Fußschemel, und ihren Hals umgibt ein Oval wächserner, verglaster Votivkränze, die wie Reliefprofile ihrer Vorfahren aussehen. Kettchen von Dampfern und Seglern bilden die Ohrgehänge, und aus den schattigen Lippen der Krypta drängt sich ein Schmuck rubin- und goldfarbener Kugeln, an dem die Pilgerschwärme wie Fliegen hängen.

Kathedrale. Auf dem unbetretensten, sonnigsten Platz steht die Kathedrale. Hier ist es ausgestorben, trotzdem im Süden, zu ihren Füßen, La Joliette, der Hafen, im Norden ein Proletarierviertel dicht anstößt. Als Umschlagplatz für ungreifbare, undurchschaubare Ware steht da das öde Bauwerk zwischen Mole und Speicher. An vierzig Jahre hat man darangesetzt. Doch als dann 1893 alles fertig war, da hatten Ort und Zeit an diesem Monument sich gegen Architekten und Bauherrn siegreich verschworen, und aus den reichen Mitteln des Klerus war ein Riesenbahnhof entstanden, der niemals dem Verkehr konnte übergeben werden. An der Fassade sind die Wartesäle im Innern kenntlich, wo Reisende I. bis IV. Klasse (doch vor Gott sind sie alle gleich), eingeklemmt wie zwischen Koffer in ihre geistige Habe, sitzen und in Gesangbüchern lesen, die mit ihren Konkordanzen und Korrespondenzen den internationalen Kursbüchern sehr ähnlich sehen. Auszüge aus der Eisenbahnverkehrsordnung hängen als Hirtenbriefe an den Wänden, Tarife für den Ablaß auf die Sonderfahrten im Luxuszug des Satan werden eingesehen, und Kabinette, wo der Weitgereiste diskret sich reinwaschen kann, als Beichtstühle in Bereitschaft gehalten. Das ist der Religionsbahnhof zu Marseille. Schlafwagenzüge in die Ewigkeit werden zur Messezeit hier abgefertigt.

Das Licht von Grünkramläden, das in den Bildern Monticellis ist, kommt aus den Innenstraßen seiner Stadt, den monotonen Wohnvierteln der Eingesessenen, die etwas von der Traurigkeit von Marseille wissen. Denn die Kindheit ist der Quellenfinder der Trübsal, und um die Trauer so ruhmreich strahlender Städte zu kennen, muß man in ihnen Kind gewesen sein. Dem Reisenden werden die grauen Häuser des Boulevard de Longchamps, die Fenstergatter des Cours Puget und die Bäume der Allée de Meilhan nichts verraten, wenn ihn nicht ein Zufall in die Totenkammer der Stadt, den Passage de Lorette führt, den schmalen Hof, wo im schläfrigen Beisein einiger Frauen und Männer die ganze Welt zu einem einzigen Sonntagnachmittag zusammenschrumpft. Eine Immobiliengesellschaft hat ihren Namen in das Portal gemeißelt. Entspricht nicht dieser Binnenraum genau dem weißen angepflockten Rätselschiff im Hafen – »Nautique«, die nie ins Meer sticht, um dafür alltäglich an weißen Tischen Fremde mit Gerichten, die viel zu sauber und wie ausgewaschen sind, zu speisen?

Muschel- und Austernstände. Unergründliches Naß, das als schmutziger Guß reinigend über schmutzige Balken strömt, übers Warzengebirge rosiger Muscheln von der höchsten Konsole herab, zwischen Schenkeln und Bäuchen glasierter Buddhas, an gelben Zitronenkuppeln vorüber, ins Sumpfland der Kressen und durch die Waldung französischer Fähnchen sprudelt, um endlich als die beste Würze des zuckenden Tiers unsern Schlund zu berieseln. Oursins de l'Estaque, Portugaises, Maremmes, Clovisses, Moules marinières – all das wird unaufhörlich gesiebt, gruppiert, gezählt, geknackt, verworfen, angerichtet, verkostet. Und der träge, stupide Makler des Binnenhandels, Papier, hat nichts in dem entfesselten Element, der Brandung schäumender Lippen zu suchen, die immer gegen die triefenden Stufen ansteigt. – Aber drüben, am andern Quai, zieht der Gebirgszug der »Andenken« sich entlang, das mineralische Jenseits der Muscheln. Seismische Kräfte haben dies Massiv von Glasfluß, Muschelkalk, Emaille aufgetürmt, in dem die Tintenfässer, Dampfer, Anker, Quecksilbersäulen und Sirenen ineinanderstecken. Der Druck von tausend Atmosphären, unter dem hier diese Bilderwelt sich drängt und bäumt und staffelt, ist die gleiche Kraft, die sich in harten Schifferhänden nach langer Fahrt an Frauenschenkeln und Frauenbrüsten erprobt, und die Wollust, die auf den Muschelkästen ein rotes oder blaues Sammetherz aus der Steinwelt heraustreibt, um es mit Nadeln und Broschen spicken zu lassen, die gleiche, die am Zahltage diese Gassen erschüttert.

Mauern. Zu bewundern die Disziplin, der sie in dieser Stadt unterworfen sind. Die besseren im Zentrum tragen Livrée und stehen im Solde der herrschenden Klasse. Sie sind mit schreienden Mustern bedeckt und haben sich in ihrer ganzen Länge vielhundertmal dem neuesten Anis, den »Dames de France«, dem »Chocolat Menier« oder Dolores del Rio verschrieben. In den ärmeren Vierteln sind sie politisch mobilisiert und stellen ihre geräumigen roten Lettern als Vorläufer roter Garden vor Werften und Arsenale.

Der Verkommene, der nach Einbruch der Nacht an der Ecke der Rue de la République und des Vieux Port seine Bücher verkauft, ruft in den Passanten schlechte Instinkte auf. Es kitzelt sie, sich so viel frisches Elend zunutze zu machen. Und es gelüstet sie, mehr von solch namenlosem Unglück zu erfahren, als das Bild der Katastrophe, die es uns vorstellt. Denn wohin muß es mit einem gekommen sein, der, was ihm von Büchern geblieben ist, vor sich auf den Asphalt geschüttet hat und nun hofft, einen, der hier spät noch vorbeikommt, möchte ein Sehnen nach Lektüre beschleichen? Oder ist alles ganz anders? Und hält hier eine arme Seele Wacht, die uns stumm anfleht, den Schatz aus dem Trümmerhaufen zu heben? Wir hasten vorbei. Aber wir werden an jeder Ecke von neuem stutzen, denn immer hat der südliche Händler den Bettlermantel so um sich geschlagen, daß mit tausend Augen das Schicksal uns daraus ansieht. Wie fern sind wir der tristen Würde unserer Armen, der Kriegsbeschädigten des Konkurrenzkampfs, an denen Senkel und Dosen mit Stiefelwichse wie Kordons und Medaillen hängen.

Vorstädte. Je weiter wir aus dem Innern heraustreten, desto politischer wird die Atmosphäre. Es kommen die Docks, die Binnenhäfen, die Speicher, die Quartiere der Armut, die zerstreuten Asyle des Elends: das Weichbild. Weichbilder sind der Ausnahmezustand der Stadt, das Terrain, auf dem ununterbrochen die große Entscheidungsschlacht zwischen Stadt und Land tobt. Sie ist nirgends erbitterter als zwischen Marseille und der provençalischen Landschaft. Es ist der Nahkampf von Telegraphenstangen gegen Agaven, Stacheldraht gegen stachlige Palmen, Nebelschwaden stinkender Korridore gegen feuchtes Platanendunkel brütender Plätze, kurzatmigen Freitreppen gegen die mächtigen Hügel. Die lange Rue de Lyon ist der Pulvergang, den Marseille in die Landschaft grub, um sie in Saint-Lazare, Saint-Antoine, Arenc, Septèmes auffliegen und mit Granatsplittern aller Völker- und Firmensprachen überschütten zu lassen. Alimentation Moderne, Rue de Jamaïque, Comptoir de la Limite, Savon Abat-Jour, Minoterie de la Campagne, Bar du Gaz, Bar Facultatif – und über all dem der Staub, der hier aus Meersalz, Kalk und Glimmer sich zusammenballt und dessen Bitternis im Munde dessen, der es mit der Stadt versucht hat, länger vorhält, als der Abglanz von Sonne und Meer in den Augen ihrer Verehrer.

San Gimignano

Dem Andenken an Hugo von Hofmannsthal

Worte zu dem zu finden, was man vor Augen hat – wie schwer kann das sein. Wenn sie dann aber kommen, stoßen sie mit kleinen Hämmern gegen das Wirkliche, bis sie das Bild aus ihm wie aus einer kupfernen Platte getrieben haben. »Abends versammeln sich die Frauen am Brunnen vorm Stadttor, um in großen Krügen Wasser zu holen« – erst als ich diese Worte gefunden hatte, trat aus dem allzublendenden Erlebten mit harten Beulen und mit tiefen Schatten das Bild. Was hatte ich vorher von den weißflammenden Weiden gewußt, die am Nachmittage mit ihren Flämmchen vor dem Stadtwalle wachen? Wie enge mußten sich vordem die dreizehn Türme behelfen, und wie besonnen nahmen sie von nun ab jeder seinen Platz ein, und zwischen ihnen war es noch sehr geräumig.
Kommt man von fern, so ist die Stadt plötzlich so unhörbar wie durch eine Tür in die Landschaft getreten. Sie sieht nicht danach aus, als solle man ihr je näherkommen. Ist es aber gelungen, so fällt man in ihren Schoß und kann vor Grillengesumm und Kinderschreien nicht zu sich finden.

Wie sich im Lauf von vielen Jahrhunderten ihr Gemäuer immer dichter zusammenzog; kaum ein Haus ohne die Spuren großgerundeter Bogen über der schmalen Pforte. Die Öffnungen, aus denen jetzt schmutzige Leinentücher zum Schutze gegen Insekten wehen, waren bronzene Tore. Reste der alten Steinornamentik ließ man gottverloren im Mauerwerk stecken, das ein heraldisches Aussehen davon bekam. Ist man durch die Porta San Giovanni getreten, so fühlt man sich in einem Hofe, nicht auf der Straße. Selbst die Plätze sind Höfe, und man scheint sich auf allen geborgen. Was so oft in der südlichen Stadt begegnet, wird doch nirgends spürbar wie hier: daß ihr Mensch, was er zum Leben braucht, sich erst mühsam vergegenwärtigen muß, so sehr macht die Linie dieser Bogen und Zinnen, der Schatten und der Flug der Tauben und Krähen ihn das Bedürfnis vergessen. Ihm wird schwer, sich dieser übertriebenen Gegenwart zu entringen, des Morgens den Abend und in der Nacht den Tag vor sich zu haben.

Überall wo man stehen kann, kann man auch sitzen. Nicht Kinder allein, sondern alle Frauen haben ihren Platz auf der Schwelle, ganz körpernah am Grund und Boden, seinen Sitten und vielleicht seinen Göttern. Der Stuhl vor der Haustür ist schon Wahrzeichen städtischer Neuerungen. Von den krassen Sitzgelegenheiten der Cafés vollends machen einzig und allein die Männer Gebrauch.

So habe ich nie vorher Sonnen- und Mondaufgang in meinem Fenster gehabt. Wenn ich nachts oder nachmittags auf dem Bett liege, gibt's nur Himmel. Ich beginne, gewohnheitsmäßig kurz vor Sonnenaufgang zu erwachen. Dann erwarte ich, wie die Sonne hinterm Gebirge emporkommt. Da gibt es diesen ersten flüchtigen Augenblick, in dem sie nicht größer ist als ein Stein, ein glühendes Steinchen auf dem Gebirgskamm. Was Goethe vom Monde sagte: »Glänzt dein Rand herauf als Stern« – hat noch niemand von der Sonne begriffen. Ihrer aber ist nicht Stern sondern Stein. Die Früheren müssen die Kunst besessen haben, diesen Stein als Talisman bei sich zu bergen und damit die Stunden zum Glück zu wenden.

Ich schaue von der Mauer der Stadt. Das Land brüstet sich nicht mit Bauten und Siedlungen. Es ist viel da, aber beschirmt und beschattet. Die Höfe, an denen nichts als die Notdurft gebaut hat, sind nicht nur in der Zeichnung, sondern in jedem Ton von Ziegel und Fensterglas so vornehm wie kein Herrenhaus in der Parktiefe. Die Mauer aber, an die ich lehne, teilt das Geheimnis des Ölbaums, dessen Krone als harter brüchiger Kranz sich mit tausend Breschen dem Himmel öffnet.

Karl Wolfskehl zum sechzigsten Geburtstag
Eine Erinnerung

Vieles schließt sich um ein Gedicht. Man glaube nicht, nur dies sei das Geheimnis: es zu machen. Karl Wolfskehl hat viele Gedichte gemacht. Man glaube nicht, nur dies sei sein Geheimnis: sie gemacht zu haben. Es sei hier von einem andern die Rede.

Dazu muß ich aber die Erlaubnis von ihm erbitten, auf eine Erinnerung zurückzugreifen. Es war in jenem Hinterzimmer meines Freundes Hessel, das, ohne im mindesten abgeschrägt zu sein, das mansardeskeste aller Dichterzimmer ist. Da saß Wolfskehl eines sehr späten Abends auf dem Stuhl vor dem breiten Bett, das mit dem Staub- und Fahlgrün seiner Decke jedem, der eintritt, die sinnlich-sittliche Wirkung der Farbe vielleicht besser veranschaulicht als die Versuchstabellen im Goethehaus. Und noch viel später in der Nacht war es, als ich selbst dazustieß. Worum sich das Gespräch der beiden bewegte, ist mir entfallen. Ist im Grunde nicht jedes wahre Gespräch eine Folge von Entrückungen, in der man wie im Traum mit einem Male einhält, ohne zu ahnen, wie man nun eigentlich an diese Stelle gelangt sei? So ein Augenblick war es, als Wolfskehl nach dem »Jahrhundert Goethes« griff, das da irgendwo im Regal stand und zu lesen begann. Wie gern würde ich nicht – und sei es auch nur zu Ehren des großen Bücherkundigen und Bücherliebenden, der Wolfskehl ist – etwas mehr von dem Buche sagen, dieser Anthologie, die zum ersten Male 1902 im Verlage der »Blätter für die Kunst« erschien. Es war die Zeit, da die Bücher noch ein Gewand hatten, dies hier natürlich eines von Lechter. Blaue Pausranken umgaben den Text (volle, und immer die gleichen; daher der Name) und auf dem Titel stand das Signet des Verlages, die von steilen Fingern erhobene Urne, aus deren Mündung alle Locken und Spruchbänder der Präraffaeliten herausrieseln. Aber es ist nichts mit dem Beschreiben. Hessel mag diese Ausgabe einmal besessen haben, aber seine aus Schnödigkeit und Großmut lockere Hand hat gewiß auch vor diesem kostbaren Stücke nicht Halt gemacht. Längst ist die unscheinbare Ausgabe an seine Stelle getreten. Aus der las nun Wolfskehl:

> Schläfrig hangen die sonnenmüden blätter,
> Alles schweigt im walde, nur eine biene
> Summt dort an der blüte mit mattem eifer.

Diese dreiundvierzig trochäischen Verse las er. Und als ich sie nun von ihm zum ersten Male hörte, rückten in meinem Innern die paar Gedichte, die da seit Jahren oder Jahrzehnten hausen, zusammen, um einen letzten spätesten Fremdling unter sich aufzunehmen. Zu Hause war mein erstes, die Anthologie, aus der er gelesen hatte, zu suchen. Nicht das Gedicht, das Wolfskehl uns gelesen hatte, allein, diese ganze Sammlung war mir erschlossen. Es war eine der seltenen Gelegenheiten, da man inne wird, wie alle Lyrik sich zuletzt nur mündlich fortpflanzt und bildet. Vergleichbar war sie mir allein mit dem Nachmittag, da Hofmannsthals Stimme sich unversehens auf ein Gedicht der »Fibel« niederließ und die Kühlung der frühesten Georgeschen Dichtung zum ersten und letzten Male aus der Ferne mich anwehte. Hier nun hatte eine wahrhaft hermetische, eine geleitende Stimme im Flusse der Lenauschen Worte stromaufwärts mich in die unwegsamen Höhen geführt, wo um 1900 im Schatten einiger ragender Häupter, Hölderlins, Jean Pauls, Bachofens, Nietzsches, die deutsche Dichtung war erneuert worden. Diese hermetische Kraft aber – die Stimme hatte sie in solchem Grade wohl nur, weil man, indem man dergestalt ihren Wegen folgte, auf ihr eigenes Geheimnis zu stoßen hoffte. Vor vielen Jahren hat einer, dem das gelang, dem Dichter einen Götternamen: Hermopan gegeben. Und war nicht ein verspäteter Pan in der Stimme gewesen, die dieses Lenausche Gedicht vom Mittagsschrecken vor sich hingesummt hatte? Daß Karl Wolfskehl das Schicksal von Göttern weiß, die längst der Mythologie entwuchsen, haben gerade an dieser Stelle einige seiner letzten Arbeiten – »Lebensluft«, »Die Neue Stoa« – eindrücklich gezeigt. Ohnehin ist der Hermes auch im strengsten und mythischen Sinne der Gott, der wie keiner andern Göttern sich angleicht, mit ihnen zu einer neuen, flüchtigeren vielleicht und schwebenderen Gestalt sich verbindet. Aber schwebend und flüchtig bei aller Wucht wirkt auch die des Mannes, wäre es selbst nur der Unrast wegen, die ihn immer in Bewegung erhält, und der tausend Witterungen und Regungen wegen, die von germanischer bis zu jüdischer Vorwelt allem Ererbten und Erfahrenen die Stätte in ihm bereiten. Welche Fülle großartiger Abbreviaturen bedingt das! Sie sind meist nur unter den erstaunlichen Prägungen seines Witzes unter die Leute gekommen, kennzeichnen aber seine Gedankenwelt so gut wie die Schrift, von der eine Graphologin gesagt hat, sie bedürfe »geradezu eines Schlüssels, um überhaupt gelesen werden zu können«. Und sie gleicht ihrem Schreiber darin, daß sie ein unvergleichliches Versteck von Bildern ist. Ein weltgeschichtliches Refugium; denn in ihm wohnen, hausen Bilder, Weisheiten, Worte, welche ohne ihn, wer weiß, ob überhaupt und wie, sich in unseren Tagen behaupteten.

Vielleicht war dies das Unvergeßliche der Stunde, von der ich hier sprechen wollte; das Gedicht aus ihm sich heben zu sehen wie einen Vogel aus dem gewaltigen Sagenbaum, in dem er mit Tausenden seinesgleichen nistet.

Kurze Schatten ⟨1⟩

Platonische Liebe

Wesen und Typus einer Liebe zeichnen am strengsten im Schicksal sich ab, welches sie dem Namen – dem Vornamen – bereitet. Die Ehe, die der Frau den ursprünglichen Nachnamen nimmt, um den des Mannes an seine Stelle zu setzen, läßt doch auch – und dies gilt von fast jeder Geschlechtsnähe – ihren Vornamen nicht unangetastet. Sie umhüllt, umstellt ihn mit Kosenamen, unter denen er oft jahre-, jahrzehntelang nicht mehr zum Vorschein kommt. Der Ehe in diesem weiten Sinne entgegengesetzt, und nur so – im Schicksal des Namens, nicht in dem des Leibes – wahrhaft bestimmbar, ist die platonische Liebe in ihrem einzig echten, einzig erheblichen Sinn: als die Liebe, die nicht am Namen ihre Lust büßt, sondern die Geliebte im Namen liebt, im Namen besitzt und im Namen auf Händen trägt. Daß sie den Namen, den Vornamen der Geliebten unangetastet wahrt und behütet, das allein ist der wahre Ausdruck der Spannung, der Fernenneigung, die Platonische Liebe heißt. Dieser Liebe geht wie Strahlen aus einem Glutkern das Dasein der Geliebten aus ihrem Namen, ja noch das Werk des Liebenden aus ihm hervor. So ist die Divina Commedia nichts als die Aura um den Namen Beatrice; die gewaltigste Darstellung dessen, daß alle Kräfte und Gestalten des Kosmos aus dem heil der Liebe entstiegenen Namen hervorgehen.

Einmal ist keinmal

Das hat die überraschendsten Evidenzen im Erotischen. Solange man um eine Frau mit dem beständigen Zweifel an der Erhörung wirbt, kann die Erfüllung nur im Zusammenhang dieser Zweifel, nämlich als Erlösung, Entscheidung kommen. Kaum aber hat sie in dieser Form sich verwirklicht, so kann eine neue, unerträgliche Sehnsucht nach der nackten, bloßen Erfüllung an sich im Nu an ihre Stelle treten. Die erste Erfüllung geht in der Erinnerung mehr oder weniger in der Entscheidung, also in ihrer Funktion dem Zweifel gegenüber auf, sie wird abstrakt. So kann dies Einmal zu keinem Mal, gemessen an der nackten absoluten Erfüllung werden. Umgekehrt, kann sie sich aber auch erotisch als nackte absolute entwerten. So, wenn uns ein banales Abenteuer in der Erinnerung allzu nahe auf den Leib gerückt, brutal und plötzlich vorkommt und wir dies erste Mal annullieren und Keinmal nennen, weil wir die Fluchtlinien der Erwartung suchen, um zu erfahren, wie die Frau als ihr Schnittpunkt sich vor uns aufhebt. Im Don Juan, dem Glückskind der Liebe, ist es das Geheimnis, wie er blitzhaft in all seinen Abenteuern Entscheidung und süßestes Werben zugleich heraufführt, die Erwartung, im Rausche, nachholt und die Entscheidung, im Werben, vorwegnimmt. Dies Ein-für-Allemal des Genusses, diese Verschränkung der Zeiten, kann nur musikalisch zum Ausdruck kommen. Don Juan fordert Musik als Brennglas der Liebe.

Armut hat immer das Nachsehen

Daß keine Galaloge so unerschwinglich ist wie das Eintrittsbillett in Gottes freie Natur, daß selbst sie, von der wir doch lernten, daß sie so gern sich Vagabunden und Bettlern, Lumpen und Stromern schenkt, ihr trostreichstes, stillstes und lauterstes Antlitz dem Reichen verwahrt, wenn sie durch die großen tiefliegenden Fenster in seine kühlen, schattigen Säle dringt, – das ist die unerbittliche Wahrheit, die die italienische Villa den lehrt, der zum ersten Male durch ihre Pforten trat, um einen Blick auf See und Gebirge zu werfen, vor dem, was er dort draußen gesehen hat, verblaßt wie das Kodakbildchen vor dem Werk eines Lionardo. Ja, ihm hängt die Landschaft im Fensterrahmen, nur ihm hat Gottes Meisterhand sie signiert.

Zu nahe

Im Traum am linken Seine-Ufer vor Notre Dame. Da stand ich, aber da war nichts, was Notre Dame glich. Ein Backsteinbau ragte nur mit den letzten Staffeln seines Massivs über eine hohe Verschalung von Holz. Ich aber stand, überwältigt, doch eben vor Notre Dame. Und was mich überwältigte war Sehnsucht. Sehnsucht nach eben dem Paris, in dem ich hier im Traume mich fand. Woher also diese Sehnsucht? Und woher dieser ihr ganz entstellter, unkenntlicher Gegenstand? – Das macht: im Traume war ich ihm zu nah gekommen. Die unerhörte Sehnsucht, welche hier, im Herzen des Ersehnten mich befallen hatte, war nicht, die aus der Ferne zum Bilde drängt. Es war die selige, die schon die Schwelle des Bildes und Besitzes überschritten hat und nur noch von der Kraft des Namens weiß, aus welchem das Geliebte lebt, sich wandelt, altert, sich verjüngt und, bildlos, Zuflucht aller Bilder ist.

Pläne verschweigen

Wenige Arten des Aberglaubens sind so verbreitet wie der, der die Leute abhält, von ihren wichtigsten Absichten und Projekten miteinander zu reden. Nicht nur durch alle Schichten der Gesellschaft geht dies Verhalten hindurch, auch alle Arten menschlicher Motive, von dem banalsten bis zum untergründigsten herab scheinen daran Anteil zu haben. Ja das Nächstliegende sieht so platt und verständig aus, daß mancher denken wird, es sei kein Grund von Aberglauben zu reden. Nichts sei begreiflicher, als daß ein Mensch, dem etwas fehlgeschlagen sei, den Mißerfolg für sich zu behalten trachte und, um sich diese Möglichkeit zu sichern, von seinem Vorhaben schweigt. Aber das ist doch mehr die oberste

Schicht seiner Bestimmungsgründe, der Firnis des Banalen, der die tieferen verkleidet. Darunter steckt die zweite in Gestalt des dumpfen Wissens um die Schwächung der Tatkraft durch die motorische Entladung, die motorische Ersatzbefriedigung im Reden. Man hat diesen zerstörenden Charakter der Rede, von dem die simpelste Erfahrung weiß, nur selten so ernst genommen, wie er es verdient. Bedenkt man, wie fast alle entscheidenden Pläne mit einem Namen verbunden, ja an ihn gebunden sind, so leuchtet ein, wie teuer die Lust zu stehen kommt, ihn im Munde zu führen. Kein Zweifel aber, daß dieser zweiten Schicht eine dritte folgt. Es ist die Vorstellung, auf der Unwissenheit der andern, besonders der Freunde, wie auf den Stufen eines Thrones in die Höhe zu steigen. Und damit nicht genug, jene letzte und bitterste, in deren Tiefe Leopardi mit den Worten dringt, daß »Eingeständnis eigenen Leides nicht Mitleid, sondern Vergnügen hervorruft, und daß es nicht nur bei Feinden, sondern bei allen Menschen, die davon erfahren, keine Trauer, sondern Freude erweckt, denn das ist ja eine Bestätigung, daß der Betroffene weniger und man selber mehr wert ist.« Wie viele Menschen wären aber imstande, sich selbst zu glauben, wenn schon der Verstand Leopardis Einsicht ihnen zuraunen würde? Wie viele würden nicht, angewidert von der Bitternis solcher Erkenntnis, sie ausspeien? Da tritt nun Aberglauben ein, die pharmazeutische Verdichtung bitterster Ingredienzen, die keiner einzeln und getrennt zu schmecken imstande wäre. Viel lieber gehorcht der Mensch in Volksbrauch und Sprichwort dem Dunklen und Rätselhaften, als daß er in der Sprache des gesunden Menschenverstandes die ganze Härte und das ganze Leid des Lebens sich predigen ließe.

Woran einer seine Stärke erkennt

An seinen Niederlagen. Wo wir erfolglos durch unsere Schwäche waren, da verachten wir uns und schämen uns ihrer. Worin wir aber stark sind, da verachten wir unsere Niederlage, da beschämen wir unser Mißgeschick. Durch Sieg und Glück erkennten wir unsere Stärke?! Wer weiß denn nicht, wie nichts so sehr uns unsere tiefsten Schwächen offenbart wie grade sie? Wer hat nicht schon nach einem Sieg im Kampf oder in der Liebe wie von einem Wonneschauer der Schwäche die Frage über sich dahingehen fühlen: Und das ich? Das mir, dem Schwächsten? Anders die Serien von Niederlagen, in denen wir alle Finten des Aufstehens lernen und in Beschämung wie in Drachenblut baden. Es sei der Ruhm, der Alkohol, das Geld, die Liebe – wo einer seine Stärke hat, kennt er keine Ehre, keine Furcht vor Blamage und keine Haltung. Aufdringlicher kann kein Schacherjude vor seinem Kunden sich aufführen als Casanova vor der Charpillon. Solche Menschen hausen in ihrer Stärke. Ein besonderes und schreckliches Hausen freilich, das ist der Preis jeder Stärke. Dasein in einem Tank. Hausen wir drinnen, sind wir dumm und unnahbar, fallen in alle Gräben, stürzen über alle Hindernisse, wühlen Schmutz auf und schänden die Erde. Aber nur wo wir so besudelt sind, sind wir unbezwinglich.

Vom Glauben an die Dinge, die man uns weissagt

Den Zustand zu erforschen, in dem sich einer befindet, der an die dunklen Mächte appelliert, ist einer der sichersten und kürzesten Wege zur Erkenntnis und Kritik dieser Mächte selbst. Denn jedes Wunder hat zwei Seiten, eine an dem, der es tut, und eine an dem, der es hinnimmt. Und nicht selten ist die zweite aufschlußreicher als die erste, weil sie deren Geheimnis schon in sich einschließt. Hat einer sich sein graphologisches oder chiromantisches Lebensbild entwerfen, sein Horoskop stellen lassen, so wollen wir für diesmal nur so viel fragen: Was geht mit ihm vor? Man möchte meinen, zunächst einmal geht es an ein Vergleichen und Prüfen. Mehr oder minder skeptisch wird er Behauptung auf Behauptung durchmustern. In Wahrheit nichts von alledem. Eher das Gegenteil. Vor allem eine Neugier auf das Ergebnis, so brennend, als hätte er hier Auskunft über einen zu erwarten, der ihm sehr wichtig, aber völlig unbekannt ist. Der Brennstoff zu diesem Feuer ist Eitelkeit. Bald ist es ein Flammenmeer, denn nun ist er auf seinen Namen gestoßen. Ist aber die Exponierung des Namens schon an sich eine der stärksten Einwirkungen, die auf seinen Träger gedacht werden können (die Amerikaner haben es praktisch verwendet, indem sie Smith und Brown von ihren Lichtreklamen anreden lassen), so verbindet sie in der Wahrsagung sich selbstverständlich mit dem Inhalt des Gesagten. Damit steht es aber folgendermaßen: Das sogenannte innere Bild vom eigenen

Wesen, das wir in uns tragen, ist von Minute zu Minute pure Improvisation. Es richtet sich, wenn man so sagen darf, ganz nach den Masken, die ihm vorgehalten werden. Die Welt ist ein Arsenal solcher Masken. Nur der verkümmerte, verödete Mensch sucht es als Verstellung im eigenen Innern. Denn wir selber sind zumeist arm daran. Darum macht nichts uns so glücklich, als wenn einer mit einem Kasten exotischer Masken auf uns zutritt und nun die selteneren Exemplare, die Maske des Mörders, des Finanzmagnaten, des Weltumseglers an uns heranhält. Durch sie hindurchzublicken verzaubert uns. Wir sehen die Konstellationen, die Augenblicke, in denen wir eigentlich das eine oder das andere oder dies alles auf einmal wirklich gewesen sind. Dies Maskenspiel ersehnen wir alle als Rausch und hiervon leben noch heute die Kartenleger, die Chiromanten und Astrologen. Sie wissen in eine jener lautlosen Schicksalspausen uns zurückzuversetzen, denen man es erst später anmerkt, daß sie den Keim zu einem ganz andern Schicksalsverlauf enthalten haben, als dem, der uns zuteil geworden ist. Daß so das Schicksal aussetzt wie ein Herz – das spüren wir in jenen scheinbar so dürftigen, scheinbar so schiefen Wesensbildern unserer selbst, die uns der Charlatan entgegenhält, mit tiefem, glückseligem Schrecken. Und wir beeilen uns um so mehr, ihm Recht zu geben, je durstiger wir die Schatten nie gelebter Leben in uns aufsteigen fühlen.

Kurze Schatten

Wenn es gegen Mittag geht, sind die Schatten nur noch die schwarzen, scharfen Ränder am Fuß der Dinge und in Bereitschaft, lautlos, unversehens, in ihren Bau, in ihr Geheimnis sich zurückzuziehen. Dann ist, in ihrer gedrängten, geduckten Fülle, die Stunde Zarathustras gekommen, des Denkers im »Lebensmittag«, im »Sommergarten«. Denn die Erkenntnis umreißt wie die Sonne auf der Höhe ihrer Bahn die Dinge am strengsten.

Frische Feigen

Der hat noch niemals eine Speise erfahren, nie eine Speise durchgemacht, der immer Maß mit ihr hielt. So lernt man allenfalls den Genuß an ihr, nie aber die Gier nach ihr kennen, den Abweg von der ebenen Straße des Appetits, der in den Urwald des Fraßes führt. Im Fraße nämlich kommen die beiden zusammen: die Maßlosigkeit des Verlangens und die Gleichförmigkeit dessen, woran es sich stillt. Fressen, das meint vor allem: Eines, mit Stumpf und Stiel. Kein Zweifel, daß es tiefer ins Vertilgte hineinlangt als der Genuß. So wenn man in die Mortadella hineinbeißt wie in ein Brot, in die Melone sich hineinwühlt wie in ein Kissen, Kaviar aus knisterndem Papier schleckt und über einer Kugel von Edamer Käse alles, was sonst auf Erden eßbar ist, einfach vergißt. – Wie ich das zum ersten Male erfuhr? Es war vor einer der schwersten Entscheidungen. Ein Brief war einzuwerfen oder zu zerreißen. Seit zwei Tagen trug ich ihn bei mir, seit einigen Stunden aber, ohne daran zu denken. Denn mit der lärmenden Kleinbahn war ich durch die sonnenzerfressene Landschaft nach Secondigliano hinaufgefahren. Feierlich lag das Dorf in der Alltagsstille. Einzige Spur vom verrauschten Sonntag die Stangen, an denen leuchtende Räder geschwungen, Raketenkreuze sich entzündet hatten. Nun standen sie nackt da. Einige trugen auf halber Höhe ein Schild mit der Figur eines Heiligen aus Neapel oder der eines Tiers. Weiber saßen in den geöffneten Scheuern und klaubten Mais. Ich schlenderte betäubt meines Weges, da sah ich im Schatten einen Karren mit Feigen stehen. Es war Müßiggang, daß ich drauf zuging, Verschwendung, daß ich für wenige Soldi mir ein halbes Pfund geben ließ. Die Frau wog reichlich. Als aber die schwarzen, blauen, hellgrünen, violetten und braunen Früchte auf der Schale der Handwaage lagen, zeigte es sich, daß sie kein Papier zum Einschlagen hatte. Die Hausfrauen von Secondigliano bringen ihre Gefäße mit und auf Globetrotter war sie nicht eingerichtet. Ich aber schämte mich, die Früchte im Stich zu lassen. Und so ging ich, Feigen in den Hosentaschen und im Jackett, Feigen in beiden vor mich hingestreckten Händen, Feigen im Munde, von dannen. Ich konnte jetzt mit Essen nicht aufhören, mußte versuchen, so schnell wie möglich der Masse von drallen Früchten, die mich befallen hatten, mich zu erwehren. Aber das war kein Essen mehr, eher ein Bad, so drang das harzige Aroma durch meine Sachen, so haftete es an meinen Händen, so schwängerte es die Luft, durch die ich meine Last vor mich hintrug. Und dann kam die Paßhöhe des Geschmacks, auf der, wenn Überdruß und Ekel, die letzten Kehren, bezwungen sind, der Ausblick in eine ungeahnte Gaumenlandschaft sich öffnet: eine fade, schwellenlose, grünliche Flut der Gier, die von nichts mehr weiß als vom strähnigen, faserigen Wogen des offenen Fruchtfleisches, die restlose Verwandlung von Genuß in Gewohnheit, von Gewohnheit in Laster. Haß gegen diese Feigen stieg in mir auf, ich hatte es eilig aufzuräumen, frei zu werden, all dies Strotzende, Platzende von mir abzutun, ich aß, um es zu vernichten. Der Biß hatte seinen ältesten Willen wiedergefunden. Als ich die letzte Feige vom Grund meiner Tasche losriß, klebte an ihr der Brief. Sein Schicksal war besiegelt, auch er mußte der großen Reinigung zum Opfer fallen; ich nahm ihn und zerriß ihn in tausend Stücke.

Café crème

Wer sich auf silbernem Brettchen, mit Butterkugeln und Marmelade garniert, den Morgenkaffee auf seinem Pariser Zimmer servieren läßt, weiß nichts von ihm. Im bistro muß man ihn nehmen, wo zwischen den Spiegeln das petit déjeuner selber ein Hohlspiegel ist, in dem das kleinste Bild dieser Stadt erscheint. Bei keiner Mahlzeit sind die Tempi verschiedener, vom mechanischen Handgriff des Angestellten, der am zinc sein Glas Melange herunterstürzt, bis zum beschaulichen Genusse, mit dem, in der Pause zwischen zwei Zügen, ein Reisender langsam die Tasse leert. Und selber sitzest du vielleicht neben ihm, am gleichen Tische, auf der gleichen Bank und bist doch weit entfernt und für dich. Deine morgendliche Nüchternheit opferst du, um etwas zu dir zu nehmen. Und was nimmst du mit diesem Kaffee nicht alles zu dir: den ganzen Morgen, den Morgen von diesem Tag und manchmal auch den verlorenen des Lebens. Hättest du als Kind an diesem Tische gesessen, wieviel Schiffe wären nicht über das Eismeer der Marmorplatte gezogen. Du hättest gewußt, wie es auf dem Marmara-Meere aussieht. Den Blick auf einen Eisberg oder ein Segel hättest du einen Schluck für den Vater und einen für den Onkel und einen für den Bruder genommen, bis an den dicken Rand deiner Tasse, breites Vorgebirge, auf welchem die Lippen ruhten, langsam die Sahne wäre angeschwemmt gekommen. Wie schwach ist dein Ekel geworden. Wie schnell und wie hygienisch geht es zu: du trinkst; du tunkst nicht, du brockst nicht ein. Verschlafen greifst du nach der madeleine im Brotkorb, brichst sie und merkst nicht einmal, wie es dich traurig macht, sie nicht teilen zu können.

Falerner und Stockfisch

Fasten ist Initiation in viele Geheimnisse, nicht zuletzt ins Geheimnis des Essens. Und wenn Hunger der beste Koch ist, ist Fasten der König unter den besten. Ich lernte ihn eines Nachmittags in Rom kennen, als ich von Fontäne zu Fontäne gewandert, von Treppe zu Treppe geklettert war. Auf dem Heimweg war es, um vier, in Trastevere, wo die Straßen breit und die Häuser armselig sind. Kantinen lagen genug am Weg. Mir aber schwebte ein schattiger Saal, marmorgetäfelter Boden, schneeweißes Tischtuch und Silberbesteck vor, der Speisesaal eines großen Hotels, wo ich um diese Zeit Aussicht gehabt hätte, der einzige Gast zu sein. Das Flußbett war ausgetrocknet, Staubwolken gingen über die Tiberinsel, und am anderen Ufer nahm mich die ausgestorbene Via Arenula auf. Ich zählte die Osterien nicht, die ich zurückließ. Je hungriger ich aber wurde, desto weniger schienen sie mir einladend oder auch nur betretbar. Hier floh ich die Gäste, deren Stimmen zu mir hinausdrangen, dort die Unsauberkeit des Vorhangs, der in der Türöffnung schwankte; schließlich drückte ich mich verstohlen an den ferneren Schänken vorbei, so sicher war ich, daß jeder Blick meine Abneigung nur vermehren werde. Dazu trat – ganz verschieden vom Hunger – eine wachsende Bereitschaft der Nerven; kein Platz schien mir geborgen, keine Speise lauter genug. Und nicht, daß hier nun Phantasmagorien der erlesensten Delikatessen, Kaviar, Langusten, Bekassinen vor mir gestanden hätten, nein, mir wäre nur eben das Schlichteste, Einfältigste reinlich genug gewesen. Hier war, ich fühlte es, die nie wiederkehrende Chance, meine Sinne, die an der Koppel lagen, wie Hunde in die Falten und Schluchten der unscheinbarsten Rohkost, der Melone, des Weins, der zehnerlei Brote, der

Nüsse zu senden, um ein niegespürtes Aroma in ihnen zu stellen. So war es fünf geworden, als ich mich auf einem weiten, unebenen Pflastergelände, der Piazza Montanara, befand. Eine unter den schmalen Gassen, welche hier mündeten, schien mir genau meine Richtung zu weisen. Denn so viel war mir nun klar geworden, daß es das klügste sei, auf mein Zimmer zu gehen und vor der Haustür mein Essen zu kaufen. Da traf mich der Schein von einem erhellten Fenster, dem ersten an diesem Abend. Es war eine Osteria, in der man früher als in den Wohnungen und den Geschäftsräumen Licht gemacht hatte. Im Fenster war ein einziger Gast zu sehen, der erhob sich gerade zum Gehen. Auf einmal schien mir, ich müsse seine Stelle einnehmen. Ich trat ein und ließ mich in einer Ecke nieder; nun plötzlich war es mir gleich in welcher, während ich vor kurzem noch der Wählerischste, Unschlüssigste gewesen war. Ein Bursche fragte nur eben nach dem Maße; welchen Wein man trank, schien sich hier von selbst zu verstehen. Ich begann mich einsam zu fühlen und holte das schwarze Zauberstäbchen hervor, das schon so oft den Buchstabenflor mit jenem Namen in seiner Mitte um mich gewirkt hatte, welcher den Duft, den er in meine Einsamkeit sandte, nun mit dem des Falerner mischte. Und ich verlor mich an ihn – den Flor, den Namen, den Duft, den Wein – bis ein Rauschen mich aufblicken ließ. Die Stube war voll geworden: Arbeiter aus der Nähe, die hier mit ihren Frauen, viele sogar mit den Kindern, sich trafen, um die Mahlzeit, nach Feierabend, außer Hause zu nehmen. Denn sie aßen auch, und zwar von dem getrockneten Stockfisch, dem einzigen Gerichte, das es hier gab. Nun sah ich, ein Teller voll stand auch auf meinem Platz, und ein Schauer des Widerwillens lief mir über den Rücken. Dann betrachtete ich die Leute näher. Es war die scharf bestimmte, einander eng verbundene Einwohnerschaft des Quartiers, und weil es ein kleinbürgerliches war, sah man niemand aus den höheren Ständen, geschweige denn Fremde. Wie ich da saß, hätte ich nach Kleidung und Aussehen von rechtswegen auffallen müssen. Aber seltsam – mich streifte kein Blick. Bemerkte mich keiner, oder schien der ganz an die Süßigkeit des Weines Verlorene, der ich mehr und mehr wurde, ihnen allen hierher zu gehören? Bei diesem Gedanken erfaßte mich Stolz; eine große Beglückung kam über mich. Nichts sollte mich von der Menge mehr unterscheiden. Ich tat die Feder weg. Dabei spürte ich in der Tasche ein Knistern. Es war der »Impero«, eine faschistische Zeitung, die ich unterwegs zu mir gesteckt hatte. Ich ließ ein neues Viertel Falerner kommen, schlug das Blatt auf, hüllte mich ganz in seinen schmutzigen Mantel, der mit den Begebenheiten des Tages gefüttert war wie der der Madonna mit den Sternen der Nacht, und langsam schob ich ein Stück nach dem andern von dem getrockneten Stockfisch in meinen Mund, bis der Hunger gestillt war.

Borscht

Zuerst legt er eine Dampfmaske über deine Züge. Lange, ehe deine Zunge den Löffel netzt, tränen schon deine Augen, triefen schon deine Nüstern von Borscht. Lange, ehe deine Eingeweide aufhorchen und dein Blut eine Woge ist, die mit der duftenden Gischt deinen Leib überspült, haben deine Augen schon von dem roten Überfluß dieses Tellers getrunken. Nun sind sie blind für alles, was nicht der Borscht ist oder dessen Widerschein in den Augen der Tischgenossin. Das ist Schmant, denkst du, was dieser Suppe ihren sämigen Schmelz gibt. Vielleicht. Aber ich habe sie im Moskauer Winter gegessen, und da weiß ich das eine: Schnee ist drinnen, geschmolzene rötliche Flocken, Wolkenkost von der Gattung des Manna, der ja auch eines Tages von oben herunterkam. Und wie lockert der warme Guß nicht die Krume Fleisches, daß es wie ein Sturzacker in dir daliegt, aus dem du das Kräutlein »Trauer« leicht mit der Wurzel jätest. Laß den Wodka daneben nur unberührt, schneide die Piroggen nicht an. Dann wirst du das Geheimnis der Suppe erfahren, die als einzige unter den Speisen die Gabe hat, sanft zu sättigen, allmählich dich zu durchdringen, wo über andern plötzlich ein barsches »Genug« unfreundlich deinen ganzen Körper erschüttert.

Pranzo caprese

Das war die berühmte Dorfkokotte von Capri gewesen, jetzt die sechzigjährige Mutter des kleinen Gennaro, den sie in der Trunkenheit schlug. Sie lebte in einem ockerfarbenen Haus auf der steilen Berglehne mitten in einem Weingarten. Ich kam, um die Freundin zu suchen, an die sie vermietet hatte. Droben von Capri schlug es zwölf Uhr. Niemand war zu sehen; der Garten stand leer. Ich stieg die Stufen, die ich eben gekommen war, wieder hinan. Da hörte ich dicht in meinem Rücken die Alte. Auf der Küchenschwelle stand sie in Rock und Bluse, mißfarbenen Kleidungsstücken, an denen man Flecken wohl vergebens gesucht hätte, so gleichmäßig, so gerecht waren sie verschmutzt. »Voi cercate la signora. E partita colla pìccola.« Und sie müsse gleich wiederkommen. Das war aber nur der Ursprung, von dem aus ihre schrille, spitzige Stimme sich in einen Schwall einladender Worte ergoß, zu denen ihr herrischer Kopf sich in Rhythmen bewegte, die vor Jahrzehnten eine aufregende Bedeutung gehabt haben mußten. Man hätte ein vollendeter galantuomo sein müssen, um sich ihr zu entziehen, und ich war nicht einmal des Italienischen mächtig. So viel verstand ich: es war eine Aufforderung, bei ihrem Mittagessen mitzuhalten. Jetzt sah ich auch den kümmerlichen Gatten drinnen am Herde aus einer Schüssel löffeln. Auf diese Schüssel ging sie zu. Und gleich darauf erschien sie von neuem vor mir auf der Schwelle mit einem Teller, den sie mir unter ununterbrochenem Schwatzen entgegenhielt. Mich aber verließ der Rest meiner Auffassungskraft für das Italienische. Augenblicks fühlte ich, daß es zum Gehen zu spät war. In einem Brodem von Knoblauch, Bohnen, Hammelfett, Tomaten, Zwiebeln, Öl erschien mir die gebieterische Hand, aus der ich den zinnernen Löffel entgegennahm. Nun meint ihr wohl, dies schluckend müsse mich der Ekel gewürgt haben und der Magen hätte nichts Eiligeres zu tun gehabt, als diesen Brei wieder abzugeben? Wie wenig wißt ihr von der Magie der Speise, und wie wenig wußte ich selbst davon bis zu dem Augenblick, von dem ich hier spreche. Dies zu schmecken war gar nichts, war nur der entscheidende, geringfügige Übergang zwischen jenen beiden: erst, es zu riechen, dann aber, davon gepackt, gewalkt zu werden, ganz und gar, von Kopf zu Fuß, von dieser Speise durchgeknetet, von ihr wie von den Händen dieser alten Hure ergriffen, gepreßt und mit ihrem Safte – dem Saft der Speise oder dem der Frau, das hätte ich nicht mehr sagen können – eingerieben zu werden. Der Pflicht der Höflichkeit war Genüge getan, aber dem Verlangen der Hexe auch, und ich stieg bergan, um das Wissen des Odysseus bereichert, als er seine Gefährten hatte in Schweine verwandeln sehen.

Maulbeer-Omelette

Diese alte Geschichte erzähle ich denen, die es nun mit Feigen oder Falerner, Borscht oder einem Capreser Bauernessen würden versuchen wollen. Es war einmal ein König, der alle Macht und alle Schätze der Erde sein Eigen nannte, bei alledem aber nicht froh ward, sondern trübsinniger von Jahr zu Jahr. Da ließ er eines Tages seinen Leibkoch kommen und sagte ihm: »Du hast mir lange Zeit treu gedient und meinen Tisch mit den herrlichsten Speisen bestellt, und ich bin dir gewogen. Nun aber begehre ich eine letzte Probe von deiner Kunst. Du sollst mir die Maulbeer-Omelette machen, so wie ich sie vor fünfzig Jahren in meiner frühesten Jugend genossen habe. Damals führte mein Vater Krieg gegen seinen bösen Nachbar im Osten. Der hatte gesiegt und wir mußten fliehen. Und so flohen wir Tag und Nacht, mein Vater und ich, bis wir in einen finsteren Wald gerieten. Den durchirrten wir und waren vor Hunger und vor Erschöpfung nahe am Verenden, als wir endlich auf eine Hütte stießen. Ein altes Mütterchen hauste drinnen, das hieß uns freundlich rasten, selber aber machte es sich am Herde zu schaffen und nicht lange, so stand die Maulbeer-Omelette vor uns. Kaum aber hatte ich davon den ersten Bissen zum Munde geführt, so war ich wundervoll getröstet und neue Hoffnung kam mir ins Herz. Damals war ich ein unmündiges Kind, und lange dachte ich nicht mehr an die Wohltat dieser köstlichen Speise. Als ich aber später in meinem ganzen Reich nach ihr forschen ließ, fand sich weder die Alte noch irgend einer, der die Maulbeer-Omelette zu bereiten gewußt hätte. Dich will ich nun, wenn du diesen letzten Wunsch mir erfüllst, zu meinem Eidam und zum Erben des Reiches machen. Wirst du mich aber nicht zufriedenstellen, so mußt du sterben.« Da sagte der Koch: »Herr, so möget ihr nur den Henker sogleich rufen. Denn wohl kenne ich das Geheimnis der Maulbeer-Omelette und alle Zutaten, von der gemeinen Kresse bis zum edlen Thymian. Wohl weiß ich den Vers, den man beim Rühren zu sprechen hat und wie der Quirl aus Buchsbaumholz immer nach rechts muß gedreht werden, damit er uns nicht zuletzt um den Lohn aller Mühe bringt. Aber dennoch, o König, werde ich sterben müssen. Dennoch wird meine Omelette dir nicht munden. Denn wie sollte ich sie mit alledem würzen, was du damals in ihr genossen hast:

der Gefahr der Schlacht und der Wachsamkeit des Verfolgten, der Wärme des Herdes und der Süße der Rast, der fremden Gegenwart und der dunklen Zukunft.« So sprach der Koch. Der König aber schwieg eine Weile und soll ihn nicht lange danach, reich mit Geschenken beladen, aus seinen Diensten entlassen haben.

Kriminalromane, auf Reisen

Die wenigsten lesen im Eisenbahnwagen Bücher, die sie zu Hause im Regal stehen haben, kaufen lieber, was sich im letzten Augenblick ihnen bietet. Der Wirkung von langer Hand bereitgestellter Bände mißtrauen sie und mit Recht. Außerdem legen sie vielleicht Wert darauf, gerade am buntbewimpelten Fahrgestell auf dem Asphalt des Perrons ihren Kauf zu machen. Jeder kennt ja den Kultus, zu dem es einlädt. Jeder hat schon einmal nach den gehißten, schwankenden Bänden gegriffen, weniger aus Lesefreude als im dunklen Gefühle, etwas zu tun, was den Göttern der Eisenbahn wohlgefällt. Er weiß, die Münzen, die er diesem Opferstock weiht, empfehlen ihn der Schonung des Kesselgottes, der durch die Nacht glüht, der Rauchnajaden, die sich über dem Zuge tummeln, und des Stuckerdämons, der Herr über alle Schlaflieder ist. Sie alle kennt er aus Träumen, kennt auch die Folge mythischer Prüfungen und Gefahren, die sich als »Eisenbahnfahrt« dem Zeitgeist empfohlen hält, und die unabsehbare Flucht raumzeitlicher Schwellen, über die sie sich hinbewegt, angefangen vom berühmten »Zu spät« des Zurückbleibenden, dem Urbild aller Versäumnis, bis zur Einsamkeit des Abteils, zur Angst, den Anschluß zu verpassen, zum Grauen der unbekannten Halle, in die er einfährt. Ahnungslos fühlt er sich in eine Gigantomachie verwickelt und erkennt in sich selber den sprachlosen Zeugen des Kampfes zwischen Eisenbahn- und Stationsgöttern.

Similia similibus. Die Betäubung der einen Angst durch die andere ist seine Rettung. Zwischen den frisch zertrennten Blättern der Kriminalromane sucht er die müßigen, gewissermaßen jungfräulichen Beklemmungen, die ihm über die archaischen der Reise hinweghelfen könnten. Er mag auf diesem Wege bis zum Frivolen gehen und sich Sven Elvestad mit seinem Freund Asbjörn Krag, Frank Heller und Herrn Collins zu Reisegefährten machen. Aber

diese smarte Gesellschaft ist nicht nach jedermanns Geschmack. Vielleicht wünscht man sich zu Ehren des Kursbuchs einen exakteren Begleiter, wie Leo Perutz, der die kräftig rhythmisierten und synkopierten Erzählungen verfaßte, deren Stationen mit der Uhr in der Hand wie Provinznester, die an der Strecke liegen, durchflogen werden; oder einen, der mehr Verständnis für die Ungewißheit der Zukunft, der man entgegenfährt, für die ungelösten Rätsel, die man zurückließ, aufbringt; dann wird man mit Gaston Leroux zusammen fahren und über dem »Phantom der Oper« und dem »Parfum der Dame in Schwarz« sich bald wie ein Insasse des »Geisterzugs« vorkommen, der voriges Jahr über die deutschen Bühnen gerast ist. Oder man denke an Sherlock Holmes und seinen Freund Watson, wie sie das Unheimlich-Heimliche eines verstaubten zweiter Klasse-Coupés würden zur Geltung zu bringen wissen, beide als Fahrgäste in ihr Schweigen versunken, der eine hinterm Paravent einer Zeitung, der andere hinter einem Vorhang aus Rauchwolken. Vielleicht auch, daß all diese Geistergestalten vor dem Bild sich in nichts auflösen, das aus den unvergeßlichen Kriminalbüchern der A. K. Green als Porträt ihrer Verfasserin vor uns aufsteigt. Die muß man sich als alte Dame im Kapotthütchen vorstellen, die gleich gut in den verwickelten Verwandtschaften ihrer Heldinnen wie in den riesigen, knarrenden Schränken Bescheid weiß, in deren einem, nach dem englischen Sprichwort, jede Familie ein Skelett stehen hat. Ihre kurzen Geschichten haben gerade die Länge des Gotthard-Tunnels und ihre großen Romane »Hinter verschlossenen Türen«, »Im Nachbarhaus« blühen im violett verhüllten Coupélicht auf wie die Nachtviolen.
Soviel von dem, was das Lesen dem Reisenden leistet. Aber was leistet nicht die Reise dem Leser? Wann sonst ist er ins Lesen so eingetan und kann dem Dasein seines Helden so sicher sein eigenes beigemischt fühlen? Ist sein Leib nicht das Weberschiffchen, das im Takte der Räder unermüdlich den Zettel, das Schicksalsbuch seines Helden, durchschießt? Man hat in der Postkutsche nicht gelesen und man liest nicht im Auto. Reiselektüre ist so mit Eisenbahnfahren verbunden wie der Aufenthalt an Bahnhöfen. Bekanntlich gleichen viele Bahnhöfe Kathedralen. Wir aber wollen es den fahrbaren, grellbunten kleinen Altären, die ein Ministrant der Neugier, der Geistesabwesenheit und der Sensation schreiend

am Zuge vorbeijagt, danken, wenn wir, für ein paar Stunden in das vorüberfliehende Land wie in einen wehenden Schal gekuschelt, die Schauer der Spannung und die Rhythmen der Räder über unseren Rücken dahingehen fühlen.

Nordische See

»Die Zeit, in welcher selbst der lebt, der keine Wohnung hat«, wird dem Reisenden, der keine hinter sich ließ, ein Palais. Drei Wochen lang reihten seine vom Geräusch der Wogen erfüllten Hallen nordwärts sich aneinander. Möwen und Städte, Blumen, Möbel und Statuen erschienen auf ihren Wänden, und durch ihre Fenster fiel Tag und Nacht Licht.

Stadt. Wenn dies Meer die Campagna ist, liegt Bergen im Sabinergebirge. Und so ist es; denn das Meer ruht im tiefen Fjord immer glatt, und die Berge haben die Formen der römischen. Die Stadt aber ist nordisch. Überall gibt es Gebälk und Knacken darin. Die Dinge sind blank: Holz ist Holz, Messing ist Messing, Ziegel Ziegel. Sauberkeit treibt sie in sich zurück, macht sie mit sich bis ins Mark identisch. So werden sie stolz, wollen draußen nicht viel. Wie die Bewohner entlegener Bergdörfer einander bis auf Tod und Siechtum versippt sein können, so haben sich die Häuser vertreppt und verwinkelt. Und wo noch ein bißchen Himmel zu sehen wäre, sind grade zwei Fahnenstangen von jeder Seite der Straße im Begriff, sich zu senken. »Halt, wenn das Nahen der Wolke bemerkbar wird!« Sonst ist der Himmel in Sakramentshäuschen eingefangen, hölzerne Zellchen, gotische, rote, in denen ein Klingelzug hängt, mit dem man die Feuerwehr herbeirufen kann. Muße im Freien ist nirgendwo vorgesehen; wo Bürgerhäuser vorn einen Garten haben, ist er so dicht bestellt, daß niemand in Versuchung kommt, sich drin aufzuhalten. Vielleicht ist es daher, daß die Mädchen hier auf der Schwelle zu stehen, in der Türe zu lehnen wissen wie kaum im Süden. Das Haus hat noch strenge Grenzen. Eine Frau, die wollte wohl vor der Tür sitzen, ihren Stuhl aber hatte sie nicht lotrecht, sondern zur Hausfront parallel in die Nische der Tür gestellt, Tochter eines Geschlechts, das noch vor zweihundert Jahren in Schränken schlief. Schränke bald mit drehbaren Türen und bald mit Schiebladen, bis zu vier

Stätten in ein und derselben Truhe. Für die Liebe war damit schlecht gesorgt – für die glückliche nämlich. Desto besser für die unglückliche bisweilen, wenn es nämlich ein vergeblich Liebender war, an dessen Bettstatt ich die Innenseite der Tür mit einem großen Frauenbildnis ausgefüllt sah. Eine Frau trennte ihn von der Welt: mehr hat noch keiner von seiner besten Nacht sagen können.

Blumen. Während die Bäume schüchtern werden, nirgends sich uneingefriedet mehr sehen lassen, kann man in Blumen einer ungeahnten Härte begegnen. Sie sind gewiß nicht heftiger als im gemäßigten Klima gefärbt, eher blasser. Aber wieviel entschiedener hebt sich ihre Farbe von allem Umgebenden ab. Die kleinen, Stiefmütterchen und Reseden, sind wilder, die großen, und vor allem die Rosen, bedeutungsvoller. Behutsam befördern Weiber sie durch die große Öde von einem Hafen zum andern. Stehen sie dann aber in Töpfen gegen die Scheiben der hölzernen Häuser gedrängt, sind sie weniger ein Gruß der Natur als ein Wall gegen das Außen. Wenn die Sonne durchbricht, hört alle Gemütlichkeit auf. Man kann auf Norwegisch wohl nicht sagen, daß sie es gut meint. Sie nutzt die Augenblicke ihrer wolkenlosen Herrschaft despotisch. Zehn Monate im Jahr gehört hier alles dem Dunkel. Kommt sie, so herrscht sie die Dinge an, entreißt sie, als ihr Eigentum, der Nacht und ruft in Gärten – Blau, Rot und Gelb – die Farben zum Appell, die blanke Garde der Blumen, die von keinem Wipfel beschattet werden.

Möbel. Um von den alten Bewohnern aus dem Anblick ihrer Schiffe viel zu erfahren, müßte man wenigstens rudern können. In Oslo sind zwei Wickingerschiffe zu sehen; wer aber nicht rudert, hält sich besser an die Betrachtung der Stühle, die er unweit des einen im Museum für Volkskunde findet. Sitzen kann jeder, und mancher wird es an jenen Stühlen auch innewerden, was es damit für eine Bewandtnis hat. Es ist ein gewaltiger Irrtum zu meinen, Rücken- und Seitenlehne seien ursprünglich für die Bequemlichkeit dagewesen. Sie sind Gehege, nämlich des Platzes, den der Sitzende einnimmt. Unter diesen Holzgestellen aus frühester Zeit war eins, dessen unwahrscheinlich geräumiger Sitz mit einem Gatter so umzäunt war, als sei der Hintern eine strotzende Menge, die in Schranken müsse gehalten werden. Wer da saß, tat es für viele. Alle Flächen der alten Sitze sind dem Boden näher als die unsern. Wieviel mehr halten sie aber auf diesen geringeren Abstand, während zugleich die Fläche noch die Muttererde vertritt. Allen sieht man's an, wie sehr sie zu jeder Zeit Haltung, Wissen, Ansehen und Rat dessen, der sie einnahm, bestimmten. So diesem: einem kleinen, sehr niedrigen Stühlchen, die Sitzfläche eine Mulde, die Lehne eine Mulde, alles drängt, wogt nach vorn. Das war, als hätte das Geschick auf einer Welle den, der hier saß, in den Raum gespült. Oder dem Lehnstuhl mit einer Truhe unter dem Sitz. Kein schönes Möbel, eher ein aufdringliches; Sitz eines Armen vielleicht – wer aber drin saß, wußte, was später Pascal erkannt hat: »Es stirbt niemand so arm, daß er nicht etwas hinterließe.« Und jenem Thron: hinter der kreisrunden Sitzfläche ohne Armstützen ragt die glatt gescheuerte, konkave Wölbung der Lehne auf wie die Apsis eines romanischen Doms, aus deren Höhe der Thronende niederblickt. In diesem Lande, das später als alle andern »bildende Künste« – Plastik und Malerei – bei sich aufnahm, hat bauender Geist den Hausrat – Schrank, Tisch und Bett bis zum niedersten Schemel – bestimmt. Sie alle sind unnahbar; als genius loci hausen in ihnen noch heute Besitzer, von denen sie vor Jahrhunderten wahrhaft besessen waren.

Licht. Die Straßen von Svolvaer sind leer. Und hinter den Fenstern sind die Papierrouleaus heruntergelassen. Schlafen die Menschen? Es ist nach Mitternacht; aus einer Wohnung kommen Stimmen, aus einer anderen Geräusche von einer Mahlzeit. Und jeder Ton, der über die Straße hallt, macht diese Nacht in einen Tag umschlagen, der nicht im Kalender steht. Du bist ins Magazin der Zeit gedrungen und blickst auf Stapel unbenutzter Tage, die sich die Erde vor Jahrtausenden auf dies Eis legte. Der Mensch verbraucht in vierundzwanzig Stunden seinen Tag – diese Erde den ihren nur alle Halbjahr. Darum blieben die Dinge so unverletzt. Weder Zeit noch Hände haben die Sträucher in dem windstillen Garten und die Boote im glatten Wasser berührt. Zwei Dämmerungen begegnen sich über ihnen, teilen sich in ihren Besitz wie in den der Wolken, und schicken dich mit leeren Händen nach Hause.

Möwen. Abends, das Herz bleischwer, voller Beklemmung, auf Deck. Lange verfolge ich das Spiel der Möwen. Immer sitzt eine auf dem höchsten Mast und beschreibt die Pendelbewegungen mit, die er stoßweise in den Himmel zeichnet. Aber es ist nie auf lange

Zeit ein und dieselbe. Eine andere kommt, mit zwei Flügelschlägen hat sie die erste, – ich weiß es nicht: erbeten oder verjagt. Bis mit einem Male die Spitze leer bleibt. Aber die Möwen haben nicht aufgehört, dem Schiffe zu folgen. Unübersehbar wie immer, beschreiben sie ihre Kreise. Etwas anderes ist es, was eine Ordnung in sie hineinbringt. Die Sonne ist längst untergegangen, im Osten ist es sehr dunkel. Das Schiff fährt südwärts. Einige Helle ist im Westen geblieben. Was sich nun an den Vögeln vollzog – oder an mir? – das geschah kraft des Platzes, den ich so beherrschend, so einsam in der Mitte des Achterdecks mir aus Schwermütigkeit gewählt hatte. Mit einem Male gab es zwei Möwenvölker, eines die östlichen, eines die westlichen, linke und rechte, so ganz verschieden, daß der Name Möwen von ihnen abfiel. Die linken Vögel behielten gegen den Grund des erstorbenen Himmels etwas von ihrer Helle, blitzten mit jeder Wendung auf und unter, vertrugen oder mieden sich und schienen nicht aufzuhören, eine ununterbrochene, unabsehbare Folge von Zeichen, ein ganzes, unsäglich veränderliches, flüchtiges Schwingengeflecht – aber ein lesbares – vor mich hinzuweben. Nur daß ich abglitt, um mich stets von neuem bei den andern zurückzufinden. Hier stand mir nichts mehr bevor, nichts sprach zu mir. Kaum war ich denen im Osten gefolgt, wie sie, im Fluge gegen einen letzten Schimmer, ein paar tiefschwarzer, scharfer Schwingen, sich in die Ferne verloren und wiederkehrten, so hätte ich ihren Zug schon nicht mehr beschreiben können. So ganz ergriff er mich, daß ich mir selber, schwarz vom Erlittenen, eine lautlose Flügelschar, aus der Ferne zurückkam. Links hatte noch alles sich zu enträtseln, und mein Geschick hing an jedem Wink, rechts war es schon vorzeiten gewesen, und ein einziges stilles Winken. Lange dauerte dieses Widerspiel, bis ich selbst nur noch die Schwelle war, über der die unnennbaren Boten schwarz und weiß in den Lüften tauschten.

Statuen. Eine Kammer mit moosgrünen Wänden. Alle vier sind mit Statuen bedeckt. Dazwischen einige verzierte Balken, die auf Spuren von Farbe mit Spuren von Gold »Jason« oder »Bruxelles« oder »Malvina« entziffern lassen. Linker Hand, wenn man eintritt, ein Holzmännchen, eine Art Magister im Leibrock, einen Dreimaster auf dem Kopf. Den linken Unterarm hat er lehrhaft erhoben, aber kurz unter dem Ellenbogen bricht er ab, auch die rechte Hand und der linke Fuß fehlen. Ein Nagel geht durch den

Mann, der starr in die Höhe blickt. Derbe, unscheinbare, gewöhnliche Kisten begleiten, aneinandergereiht, die Wände. Auf manchen steht »Livbaelter«, auf den meisten gar nichts. Man kann den Raum nach ihnen ausmessen. Zwei oder drei Kisten weiter und eine ragende Frau im reichbesetzten, weißen Gesellschaftskleid, das den üppigen Busen halb frei läßt. Auf mächtigem Ansatz ein voller holziger Hals. Volle geborstene Lippen. Unterhalb des Gürtels zwei Löcher. Eines durchs Schambein, eins tiefer in der bauschigen Robe, die keine Beine erkennen läßt. Wie sie, so wachsen all die Gestalten ringsum aus vagen, wenig gegliederten Formen auf. Mit dem Boden stehen sie auf schlechtem Fuß, ihr Halt liegt im Rücken. Ganz bunt steht zwischen den entfärbten rissigen Büsten und Statuen Einer von aller Witterung unbescholten, sein gelber Mantel ist grün gefüttert, sein rotes Gewand blau gesäumt, sein Schwert grün und grau, sein Horn gelb, er trägt eine phrygische Mütze, und spähend hält er über die Augen die Hand – Heimdall. Und wieder eine Frauengestalt, damenhafter noch als die erste. Eine Allonge-Perücke läßt ihre Locken auf ein blaues Mieder herabfallen. Statt der Arme Voluten. – Den Mann zu denken, der sie alle gesammelt, um sich gesammelt, über Länder und Meere ihnen nachgeforscht hätte im Wissen, nur bei ihm fänden sie, nur bei ihnen fände er Ruhe. Kein Liebhaber der bildenden Kunst, nein, ein Reisender, der das Glück in der Ferne suchte, als es noch in der Heimat zu finden war, und dann später sein Heim bei diesen von Ferne und Fahrt Geschundensten aufschlug. Sie alle das Antlitz von salzigen Tränen verwittert, die Blicke aus zerstoßenen, hölzernen Höhlen nach oben gerichtet, die Arme, wenn sie noch da sind, beschwörend über die Brust gekreuzt – wer sind sie, – so unsagbar hilflos und aufbegehrend – diese Niobiden des Meeres? Oder seine Mänaden? Denn sie sind über weißere Kämme gestürmt als die von Thrakien und von wilderen Pranken geschlagen worden als den Bestien, der Gefolgschaft der Artemis – sie, die Galionen. Galionen sind es. Sie stehen in der Kammer der Galionen im Schiffahrts-Museum zu Oslo. Genau in der Mitte der Kammer aber erhebt sich auf einer Estrade ein Steuerrad. Werden auch hier diese Fahrenden keine Ruhe finden, und soll es mit ihnen wieder hinaus in den Wogenschlag, der ewig ist wie das Höllenfeuer?

Ich packe meine Bibliothek aus
Eine Rede über das Sammeln

Ich packe meine Bibliothek aus. Ja. Sie steht also noch nicht auf den Regalen, die leise Langeweile der Ordnung umwittert sie noch nicht. Ich kann auch nicht an ihren Reihen entlang schreiten, um im Beisein freundlicher Hörer ihnen die Parade abzunehmen. Das alles haben Sie nicht zu befürchten. Ich muß Sie bitten, mit mir in die Unordnung aufgebrochener Kisten, in die von Holzstaub erfüllte Luft, auf den von zerrissenen Papieren bedeckten Boden, unter die Stapel eben nach zweijähriger Dunkelheit wieder ans Tageslicht beförderter Bände sich zu versetzen, um von vornherein ein wenig die Stimmung, die ganz und gar nicht elegische, viel eher gespannte zu teilen, die sie in einem echten Sammler erwecken. Denn ein solcher spricht zu Ihnen und im großen und ganzen auch nur von sich. Wäre es nicht anmaßend, hier auf eine scheinbare Objektivität und Sachlichkeit pochend die Hauptstücke oder Hauptabteilungen einer Bücherei Ihnen aufzuzählen, oder deren Entstehungsgeschichte, oder selbst deren Nutzen für den Schriftsteller Ihnen darzulegen? Ich jedenfalls habe es mit den folgenden Worten auf etwas Unverhüllteres, Handgreiflicheres abgesehen; am Herzen liegt mir, Ihnen einen Einblick in das Verhältnis eines Sammlers zu seinen Beständen, einen Einblick ins Sammeln viel mehr als in eine Sammlung zu geben. Es ist ganz willkürlich, daß ich das an Hand einer Betrachtung über die verschiedenen Erwerbungsarten von Büchern tue. Solche Anordnung oder jede andere ist nur ein Damm gegen die Springflut von Erinnerungen, die gegen jeden Sammler anrollt, der sich mit dem Seinen befaßt. Jede Leidenschaft grenzt ja ans Chaos, die sammlerische aber an das der Erinnerungen. Doch ich will mehr sagen: Zufall, Schicksal, die das Vergangene vor meinem Blick durchfärben, sie sind zugleich in dem gewohnten Durcheinander dieser Bücher sinnenfällig da. Denn was ist dieser Besitz anderes als eine Unordnung, in der Gewohnheit sich so heimisch machte, daß sie als Ordnung erscheinen kann? Sie haben schon von Leuten gehört, die am Verlust ihrer Bücher zu Kranken, von anderen, die an ihrem Erwerb zu Verbrechern geworden sind. Jede Ordnung ist gerade in diesen Bereichen nichts als ein Schwebezustand überm Abgrund. »Das einzige exakte Wissen, das es gibt«, hat

Anatole France gesagt, »ist das Wissen um das Erscheinungsjahr und das Format der Bücher.« In der Tat, gibt es ein Gegenstück zur Regellosigkeit einer Bibliothek, so ist es die Regelrechtheit ihres Verzeichnisses.
So ist das Dasein des Sammlers dialektisch gespannt zwischen den Polen der Unordnung und der Ordnung.
Es ist natürlich noch an vieles andere gebunden. An ein sehr rätselhaftes Verhältnis zum Besitz, über das nachher noch einige Worte zu sagen sein werden. Sodann: an ein Verhältnis zu den Dingen, das in ihnen nicht den Funktionswert, also ihren Nutzen, ihre Brauchbarkeit in den Vordergrund rückt, sondern sie als den Schauplatz, das Theater ihres Schicksals studiert und liebt. Es ist die tiefste Bezauberung des Sammlers, das einzelne in einen Bannkreis einzuschließen, in dem es, während der letzte Schauer – der Schauer des Erworbenwerdens – darüber hinläuft, erstarrt. Alles Erinnerte, Gedachte, Bewußte wird Sockel, Rahmen, Postament, Verschluß seines Besitztums. Zeitalter, Landschaft, Handwerk, Besitzer, von denen es stammt – sie alle rücken für den wahren Sammler in jedem einzelnen seiner Besitztümer zu einer magischen Enzyklopädie zusammen, deren Inbegriff das Schicksal seines Gegenstandes ist. Hier also, auf diesem engen Felde läßt sich mutmaßen, wie die großen Physiognomiker – und Sammler sind Physiognomiker der Dingwelt – zu Schicksalsdeutern werden. Man hat nur einen Sammler zu beobachten, wie er die Gegenstände seiner Vitrine handhabt. Kaum hält er sie in Händen, so scheint er inspiriert durch sie hindurch, in ihre Ferne zu schauen. Soviel von der magischen Seite des Sammlers, von seinem Greisenbilde könnte ich sagen. – Habent sua fata libelli – das war vielleicht gedacht als ein allgemeiner Satz über *Bücher*. Bücher, also »Die Göttliche Komödie« oder »Die Ethik« des Spinoza oder »Die Entstehung der Arten«, haben ihre Schicksale. Der Sammler aber legt diesen lateinischen Spruch anders aus. Ihm haben nicht sowohl Bücher als *Exemplare* ihre Schicksale. Und in seinem Sinn ist das wichtigste Schicksal jedes Exemplars der Zusammenstoß mit ihm selber, mit seiner eigenen Sammlung. Ich sage nicht zuviel: für den wahren Sammler ist die Erwerbung eines alten Buches dessen Wiedergeburt. Und eben darin liegt das Kindhafte, das im Sammler sich mit dem Greisenhaften durchdringt. Die Kinder nämlich verfügen über die Erneuerung des Daseins als

über eine hundertfältige, nie verlegene Praxis. Dort, bei den Kindern, ist das Sammeln nur *ein* Verfahren der Erneuerung, ein anderes ist das Bemalen der Gegenstände, wieder eines das Ausschneiden, noch eines das Abziehen und so die ganze Skala kindlicher Aneignungsarten vom Anfassen bis hinauf zum Benennen. Die alte Welt erneuern – das ist der tiefste Trieb im Wunsch des Sammlers, Neues zu erwerben, und darum steht der Sammler älterer Bücher dem Quell des Sammelns näher als der Interessent für bibliophile Neudrucke. Wie Bücher nun die Schwelle einer Sammlung überschreiten, wie sie Besitz eines Sammlers werden, kurz, über ihre Erwerbsgeschichte jetzt einige Worte.
Von allen Arten sich Bücher zu verschaffen, wird als die rühmlichste betrachtet, sie selbst zu schreiben. Manche von Ihnen werden an dieser Stelle vergnügt der großen Bücherei gedenken, die Jean Pauls armes Schulmeisterlein Wuz mit der Zeit sich auf die Art zulegte, daß es alle Werke, von denen die Titel in den Meßkatalogen es interessierten, weil es sie ja nicht kaufen konnte, sich selber schrieb. Schriftsteller sind eigentlich Leute, die Bücher nicht aus Armut sondern aus Unzufriedenheit mit den Büchern schreiben, welche sie kaufen könnten, und die ihnen nicht gefallen. Das werden Sie, meine Damen und Herren, für eine schrullige Definition des Schriftstellers halten; schrullig aber ist alles, was aus dem Sehwinkel eines echten Sammlers gesagt wird. – Von den landläufigen Erwerbsarten wäre für Sammler die schicklichste das Ausleihen mit anschließendem Nichtzurückgeben. Der Buchausleiher großen Formats, wie wir ihn hier vor Augen haben, erweist sich als eingefleischter Büchersammler nicht etwa nur durch die Inbrunst, mit der er den zusammengeborgten Schatz behütet und allen Mahnungen aus dem Alltag des Rechtslebens mit Taubheit begegnet, sondern weit mehr dadurch, daß auch er die Bücher nicht liest. Wenn Sie meiner Erfahrung glauben wollen, so geschah es immer noch eher, daß einer mir gelegentlich ein entliehenes Buch zurückbrachte, als daß er es etwa gelesen hätte. Und das – werden Sie fragen – wäre eine Eigenart der Sammler, Bücher nicht zu lesen? Das wäre ja das Neueste. Nein. Sachkundige werden Ihnen bestätigen, daß es das Älteste ist, und ich nenne hier nur die Antwort, die, wiederum, France für den Banausen in Bereitschaft hatte, der seine Bibliothek bewunderte, um sodann bei der obligaten Frage zu enden: »Und das haben Sie alles gelesen,

Herr France?« – »Nicht ein Zehntel. Oder speisen Sie vielleicht täglich von Ihrem Sèvres?«

Ich habe übrigens auf das Recht einer solchen Haltung die Gegenprobe gemacht. Jahrelang – gut während des ersten Drittels ihres bisherigen Daseins – hat meine Bibliothek aus nicht mehr als zwei bis drei Reihen bestanden, die jährlich nur um Zentimeter wuchsen. Das war ihr martialisches Zeitalter, da kein Buch in sie eintreten durfte, dem ich nicht die Parole abgenommen, das ich nicht gelesen hatte. Und so wäre ich vielleicht nie zu etwas, was dem Umfang nach eine Bibliothek genannt werden kann, gekommen ohne die Inflation, die mit einmal den Akzent auf den Dingen umschlagen, die Bücher zu Sachwerten, mindestens schwer erhältlich werden ließ. So wenigstens schien es in der Schweiz. Und wirklich machte ich von dort in zwölfter Stunde meine ersten größeren Bücherbestellungen und konnte noch so unersetzliche Dinge bergen, wie den »Blauen Reiter« oder Bachofens »Sage von Tanaquil«, die damals noch beim Verleger zu haben waren. – Nun, meinen Sie, müßten wir nach soviel Kreuz- und Querzügen endlich auf die breite Straße des Bucherwerbs kommen, welche der Kauf ist. Jawohl, eine breite Straße, aber keine gemächliche. Der Kauf des Büchersammlers hat sehr wenig Ähnlichkeit mit denen, die ein Student, um sich ein Lehrbuch anzuschaffen, ein Herr von Welt, um seiner Dame ein Geschenk zu machen, ein Geschäftsreisender, um sich die nächste Eisenbahnfahrt zu verkürzen, in einer Buchhandlung vornimmt. Meine denkwürdigsten habe ich auf Reisen, als Passant gemacht. Besitz und Haben sind dem Taktischen zugeordnet. Sammler sind Menschen mit taktischem Instinkt; ihrer Erfahrung nach kann, wenn sie eine fremde Stadt erobern, der kleinste Antiquitätenladen ein Fort, das entlegenste Papiergeschäft eine Schlüsselstellung bedeuten. Wie viele Städte haben sich mir nicht in den Märschen erschlossen, mit denen ich auf Eroberung von Büchern ausging.

Von den wichtigsten Ankäufen geht freilich über den Besuch eines Händlers gewiß nur ein Teil. Kataloge spielen eine viel größere Rolle. Und wenn der Käufer ein Buch, das er so nach dem Katalog bestellt, auch noch so gut kennt: das Exemplar bleibt immer eine Überraschung und der Bestellung immer etwas vom Hasard. Da gibt es neben empfindlichen Enttäuschungen die beglückenden Funde. So entsinne ich mich, eines Tages ein Buch mit farbigen

Bildern für meine alte Sammlung von Kinderbüchern nur darum bestellt zu haben, weil es Märchen von Albert Ludwig Grimm hatte und sein Erscheinungsort Grimma in Thüringen war. Aus Grimma aber stammte ein Fabelbuch, das eben dieser Albert Ludwig Grimm herausgegeben hatte. Und dieses Fabelbuch war in dem Exemplar, das ich besaß, mit seinen 16 Bildern das einzige erhaltene Zeugnis der Anfänge des großen deutschen Illustrators Lyser, der um die Mitte des vorigen Jahrhunderts in Hamburg gelebt hat. Nun, meine Reaktion auf den Zusammenklang der Namen war präzis gewesen. Auch hier wieder entdeckte ich Arbeiten von Lyser, und zwar ein Werk – »Linas Mährchenbuch« – das allen seinen Bibliographen unbekannt geblieben ist und einen ausführlicheren Hinweis als diesen, den ersten, den ich darauf gebe, verdient.

Auf keinen Fall ist es beim Bucherwerb mit Geld allein oder allein mit Sachkunde getan. Und selbst beide zusammen genügen zur Begründung einer echten Bibliothek, die immer etwas Undurchschaubares und Unverwechselbares zugleich hat, nicht. Wer nach Katalogen kauft, muß zu den genannten Dingen noch eine feine Witterung besitzen. Jahreszahlen, Ortsnamen, Formate, Vorbesitzer, Einbände usw., all dieses muß ihm etwas sagen und nicht nur so im dürren Anundfürsich, sondern diese Dinge müssen zusammenklingen und nach der Harmonie und Schärfe des Zusammenklangs muß er erkennen können, ob so ein Buch zu ihm gehört oder nicht. – Wieder ganz andere Fähigkeiten sind es, die eine Auktion vom Sammler verlangt. Zum Katalogleser muß das Buch allein und allenfalls sein Vorbesitzer, wenn die Provenienz des Exemplares feststeht, sprechen. Wer auf einer Auktion eingreifen will, der muß sein Augenmerk zu gleichen Teilen auf das Buch und auf die Konkurrenten richten, und außerdem noch kühlen Kopf genug behalten, um nicht – wie es doch alltäglich geschieht – sich in den Konkurrenzkampf zu verbeißen und so zuletzt an einer Stelle, an welcher er mehr mitbot, um seinen Mann zu stehen, als um das Buch sich zu erwerben, mit einem hohen Ankaufpreis hängen zu bleiben. Dafür zählt aber zu den schönsten Erinnerungen des Sammlers der Augenblick, wo er einem Buch, an das er vielleicht nie im Leben einen Gedanken, geschweige einen Wunsch gewendet hat, beisprang, weil es so preisgegeben und verlassen auf dem offenen Markt stand und es, wie in den Märchen aus Tausendundeiner Nacht der Prinz eine schöne Sklavin, kaufte, um ihm die Freiheit zu geben. Für den Büchersammler ist nämlich die wahre Freiheit aller Bücher irgendwo auf seinen Regalen.

Als Denkmal meines aufregendsten Auktionserlebnisses ragt über langen Reihen französischer Bände noch heute in meiner Bibliothek Balzacs »Peau de chagrin«. Das war 1915 auf der Auktion Rümann bei Emil Hirsch, einem der größten Bücherkenner und zugleich vornehmsten Kaufleute. Die Ausgabe, um die es sich handelt, ist 1838 in Paris Place de la Bourse erschienen. Eben, da ich mein Exemplar zur Hand nehme, sehe ich nicht nur die Nummer der Rümannschen Sammlung, sondern sogar die Etikette der Buchhandlung vor mir, in der vor über 90 Jahren der erste Erwerber es ungefähr zu einem Achtzigstel des heutigen Preises gekauft hat. Papeterie I. Flanneau heißt es da. Eine schöne Zeit, da man solche Prachtwerke – denn die Stahlstiche dieses Buches sind von dem größten französischen Zeichner entworfen und von den größten Stechern ausgeführt worden – wo man ein solches Buch noch in einer Papeterie kaufen konnte. Aber ich wollte die Erwerbungsgeschichte erzählen. Ich war zur Vorbesichtigung zu Emil Hirsch gekommen, hatte mir 40 oder 50 Bände durch die Hand gehen lassen, diesen aber mit dem glühenden Wunsch, ihn nie mehr aus ihr geben zu müssen. Der Tag der Auktion kam. Ein Zufall wollte, daß in der Versteigerungsordnung vor diesem Exemplar der »Peau de chagrin« die komplette Folge ihrer Illustrationen in Sonderabzügen auf China erschien. Die Bieter saßen an einer langen Tafel; schräg gegenüber von mir der Mann, der bei dem nun folgenden Ausgebot alle Blicke auf sich vereinigte: der berühmte Münchener Sammler, Freiherr vom Simolin. Es ging ihm um diese Folge, er hatte Konkurrenten, kurz es kam zu einem scharfen Kampf, dessen Ergebnis das Höchstgebot der ganzen Auktion, ein Preis weit über 3000 RM war. Niemand schien einen so hohen Betrag erwartet zu haben, eine Bewegung ging durch die Anwesenden. Emil Hirsch gab nicht darauf acht und sei es, um Zeit zu sparen, sei es aus anderen Erwägungen, ging er unter allgemeiner Unaufmerksamkeit der Versammlung zur folgenden Nummer über. Er rief den Preis aus, ich ging mit Herzklopfen bis zum Halse und in dem klaren Bewußtsein, mit keinem der anwesenden großen Sammler den Wettbewerb aufnehmen zu können, etwas darüber. Der Auktionator aber, ohne die Beachtung der Versammlung zu erzwingen, schritt mit den üblichen Formeln »niemand mehr« und drei Schlägen – mir schienen sie wie durch eine Ewigkeit voneinander getrennt – zum Zuschlag. Für mich als Studenten war die Summe immer noch hoch genug. Der folgende Vormittag im Leihhaus aber gehört nicht mehr zu dieser Geschichte, und anstatt dessen spreche ich lieber von einer Begebenheit, die ich das Negativ einer Auktion nennen möchte. Das war auf einer Berliner Versteigerung des vorigen Jahres. Ausgeboten wurde eine nach Qualität und Stoffgebiet recht gemischte Reihe von Büchern, unter denen nur eine Anzahl seltener okkultistischer und naturphilosophischer Werke bemerkenswert waren. Ich bot auf eine Anzahl von ihnen, bemerkte aber, so oft ich eingriff, einen Herrn in den vorderen Reihen, der nur auf mein Gebot gewartet zu haben schien, um mit dem seinigen bis zu beliebiger Höhe einzusetzen. Nachdem ich diese Erfahrung hinreichend wiederholt hatte, gab ich für den Erwerb des Buches, an dem mir an diesem Tage am meisten lag, alle Hoffnung auf. Es waren die seltenen »Fragmente aus dem Nachlasse eines jungen Physikers«, die Johann Wilhelm Ritter 1810 in 2 Bänden in Heidelberg hatte erscheinen lassen. Das Werk ist nie wieder gedruckt worden, die Vorrede aber, in welcher der Herausgeber als Nachruf auf seinen angeblich verstorbenen ungenannten Freund, der doch niemand ist als er selber, die Darstellung des eigenen Lebens gegeben hat, ist mir von jeher als die bedeutendste persönliche Prosa der deutschen Romantik erschienen. Im Augenblick, da man die Nummer ausrief, kam mir eine Erleuchtung. Einfach genug: Da mein Gebot die Nummer unfehlbar dem andern zuschanzen mußte, durfte ich gar nicht bieten. Ich bezwang mich, blieb stumm. Was ich erhofft hatte, trat nun ein: Kein Interesse, kein Gebot, das Buch ging zurück. Ich hielt es für klug, noch einige Tage verstreichen zu lassen. In der Tat, als ich nach einer Woche erschien, fand ich das Buch beim Antiquar vor, und der Mangel an Interesse, welchen man ihm bewiesen hatte, kam mir nun bei der Erwerbung zustatten.

Was drängt nicht alles an Erinnerung herbei, hat man sich einmal in das Kistengebirge begeben, um die Bücher im Tag- oder besser im Nachtbau aus ihm herauszuholen. Nichts könnte die Faszination dieses Auspackens deutlicher machen, als wie schwer es ist, damit aufzuhören. Mittags hatte ich begonnen, und es war Mitternacht, ehe ich an die letzten Kisten mich herangearbeitet hatte. Hier aber fielen mir nun am Ende zwei verschossene Pappbände in die Hand, die streng genommen gar nicht in eine Bücherkiste gehören: zwei Alben mit Oblaten, die meine Mutter als Kind geklebt hat, und die ich geerbt habe. Sie sind die Samen einer Sammlung von Kinderbüchern, die noch heut ständig fortwächst, wenn auch nicht mehr in meinem Garten. – Es gibt keine lebendige Bibliothek, die nicht eine Anzahl von Buchgeschöpfen aus Grenzgebieten bei sich beherbergte. Es brauchen nicht Oblatenalben oder Stammbücher zu sein, weder Autographen noch Einbände mit Pandekten oder Erbauungstexten im Innern: manche werden an Flugblättern und Prospekten, andere an Handschriftfaksimiles oder Schreibmaschinenabschriften unauffindbarer Bücher hängen, und erst recht können Zeitschriften die prismatischen Ränder einer Bibliothek bilden. Um aber auf jene Alben zurückzukommen, so ist eigentlich Erbschaft die triftigste Art und Weise zu einer Sammlung zu kommen. Denn die Haltung des Sammlers seinen Besitztümern gegenüber stammt aus dem Gefühl der Verpflichtung des Besitzenden gegen seinen Besitz. Sie ist also im höchsten Sinne die Haltung des Erben. Den vornehmsten Titel einer Sammlung wird darum immer ihre Vererbbarkeit bilden. Wenn ich das sage, so bin ich – das sollen Sie wissen – mir recht genau darüber im klaren, wie sehr solche Entwicklung der im Sammeln enthaltenen Vorstellungswelt viele von Ihnen in Ihrer Überzeugung vom Unzeitgemäßen dieser Passion, in ihrem Mißtrauen gegen den Typus des Sammlers bestärken wird. Nichts liegt mir ferner, als Sie zu erschüttern, weder in jener Anschauung noch diesem Mißtrauen. Und nur das eine wäre anzumerken: Das Phänomen der Sammlung verliert, indem es sein Subjekt verliert, seinen Sinn. Wenn öffentliche Sammlungen nach der sozialen Seite hin unanstößiger, nach der wissenschaftlichen nützlicher sein mögen als die privaten – die Gegenstände kommen nur in diesen zu ihrem Recht. Im übrigen weiß ich, daß für den Typus, von dem ich hier spreche und den ich, ein wenig ex officio, vor Ihnen vertreten habe, die Nacht hereinbricht. Aber wie Hegel sagt: erst mit der Dunkelheit beginnt die Eule der Minerva ihren Flug. Erst im Aussterben wird der Sammler begriffen.

Nun ist es vor der letzten halbgeleerten Kiste schon längst nach

Mitternacht geworden. Andere Gedanken erfüllen mich als von denen ich sprach. Nicht Gedanken; Bilder, Erinnerungen. Erinnerungen an die Städte, in denen ich so vieles gefunden habe: Riga, Neapel, München, Danzig, Moskau, Florenz, Basel, Paris; Erinnerungen an die Münchener Prachträume Rosenthals, an den Danziger Stockturm, wo der verstorbene Hans Rhaue hauste, an den muffigen Bücherkeller von Süßengut, Berlin N; Erinnerungen an die Stuben, wo diese Bücher gestanden haben, meine Studentenbude in München, mein Berner Zimmer, an die Einsamkeit von Iseltwald am Brienzer See und schließlich mein Knabenzimmer, aus dem nur noch vier oder fünf der mehreren tausend Bände, die sich um mich zu türmen beginnen, stammen. Glück des Sammlers, Glück des Privatmanns! Hinter niemandem hat man weniger gesucht und keiner befand sich wohler dabei als er, der in der Spitzwegmaske sein verrufenes Dasein weiterführen konnte. Denn in seinem Innern haben ja Geister, mindestens Geisterchen, sich angesiedelt, die es bewirken, daß für den Sammler, ich verstehe den rechten, den Sammler wie er sein soll, der Besitz das allertiefste Verhältnis ist, das man zu Dingen überhaupt haben kann: nicht daß sie in ihm lebendig wären, er selber ist es, der in ihnen wohnt. So habe ich eines seiner Gehäuse, dessen Bausteine Bücher sind, vor Ihnen aufgeführt und nun verschwindet er drinnen, wie recht und billig.

Der destruktive Charakter

Es könnte einem geschehen, daß er, beim Rückblick auf sein Leben, zu der Erkenntnis käme, fast alle tieferen Bindungen, die er in ihm erlitten habe, seien von Menschen ausgegangen, über deren »destruktiven Charakter« alle Leute sich einig waren. Er würde eines Tages, vielleicht zufällig, auf diese Tatsache stoßen, und je härter der Chock ist, der ihm so versetzt wird, desto größer sind damit seine Chancen für eine Darstellung des destruktiven Charakters.

Der destruktive Charakter kennt nur eine Parole: Platz schaffen; nur eine Tätigkeit: räumen. Sein Bedürfnis nach frischer Luft und freiem Raum ist stärker als jeder Haß.

Der destruktive Charakter ist jung und heiter. Denn Zerstören verjüngt, weil es die Spuren unseres eigenen Alters aus dem Weg räumt; es heitert auf, weil jedes Wegschaffen dem Zerstörenden eine vollkommene Reduktion, ja Radizierung seines eignen Zustands bedeutet. Zu solchem apollinischen Zerstörerbilde führt erst recht die Einsicht, wie ungeheuer sich die Welt vereinfacht, wenn sie auf ihre Zerstörungswürdigkeit geprüft wird. Dies ist das große Band, das alles Bestehende einträchtig umschlingt. Das ist ein Anblick, der dem destruktiven Charakter ein Schauspiel tiefster Harmonie verschafft.

Der destruktive Charakter ist immer frisch bei der Arbeit. Die Natur ist es, die ihm das Tempo vorschreibt, indirekt wenigstens: denn er muß ihr zuvorkommen. Sonst wird sie selber die Zerstörung übernehmen.

Dem destruktiven Charakter schwebt kein Bild vor. Er hat wenig Bedürfnisse, und das wäre sein geringstes: zu wissen, was an Stelle des Zerstörten tritt. Zunächst, für einen Augenblick zumindest, der leere Raum, der Platz, wo das Ding gestanden, das Opfer gelebt hat. Es wird sich schon einer finden, der ihn braucht, ohne ihn einzunehmen.

Der destruktive Charakter tut seine Arbeit, er vermeidet nur schöpferische. So wie der Schöpfer Einsamkeit sich sucht, muß der Zerstörende fortdauernd sich mit Leuten, mit Zeugen seiner Wirksamkeit umgeben.

Der destruktive Charakter ist ein Signal. So wie ein trigonometrisches Zeichen von allen Seiten dem Winde, ist er von allen Seiten dem Gerede ausgesetzt. Dagegen ihn zu schützen, ist sinnlos.

Der destruktive Charakter ist gar nicht daran interessiert, verstanden zu werden. Bemühungen in dieser Richtung betrachtet er als oberflächlich. Das Mißverstandenwerden kann ihm nichts anhaben. Im Gegenteil, er fordert es heraus, wie die Orakel, diese destruktiven Staatseinrichtungen, es herausgefordert haben. Das kleinbürgerlichste aller Phänomene, der Klatsch, kommt nur zustande, weil die Leute nicht mißverstanden werden wollen. Der destruktive Charakter läßt sich mißverstehen; er fördert den Klatsch nicht.

Der destruktive Charakter ist der Feind des Etui-Menschen. Der Etui-Mensch sucht seine Bequemlichkeit, und das Gehäuse ist ihr Inbegriff. Das Innere des Gehäuses ist die mit Samt ausgeschlagene Spur, die er in die Welt gedrückt hat. Der destruktive Charakter verwischt sogar die Spuren der Zerstörung.

Der destruktive Charakter steht in der Front der Traditionalisten. Einige überliefern die Dinge, indem sie sie unantastbar machen und konservieren, andere die Situationen, indem sie sie handlich machen und liquidieren. Diese nennt man die Destruktiven.

Der destruktive Charakter hat das Bewußtsein des historischen Menschen, dessen Grundaffekt ein unbezwingliches Mißtrauen in den Gang der Dinge und die Bereitwilligkeit ist, mit der er jederzeit davon Notiz nimmt, daß alles schief gehen kann. Daher ist der destruktive Charakter die Zuverlässigkeit selbst.

Der destruktive Charakter sieht nichts Dauerndes. Aber eben darum sieht er überall Wege. Wo andere auf Mauern oder Gebirge stoßen, auch da sieht er einen Weg. Weil er aber überall einen Weg sieht, hat er auch überall aus dem Weg zu räumen. Nicht immer mit roher Gewalt, bisweilen mit veredelter. Weil er überall Wege sieht, steht er selber immer am Kreuzweg. Kein Augenblick kann wissen, was der nächste bringt. Das Bestehende legt er in Trümmer, nicht um der Trümmer, sondern um des Weges willen, der sich durch sie hindurchzieht.

Der destruktive Charakter lebt nicht aus dem Gefühl, daß das Leben lebenswert sei, sondern daß der Selbstmord die Mühe nicht lohnt.

Der enthüllte Osterhase oder Kleine Versteck-Lehre

Verstecken heißt: Spuren hinterlassen. Aber unsichtbare. Es ist die Kunst der leichten Hand. Rastelli konnte Sachen in der Luft verstecken.

Je luftiger ein Versteck, desto geistreicher. Je freier es dem Blick nach allen Seiten preisgegeben, desto besser.

Also beileibe nichts in Schubladen, Schränke, unter die Betten oder ins Klavier stecken.

Fairneß am Ostermorgen: Alles so zu verstecken, daß es entdeckt werden kann, ohne daß irgendein Gegenstand vom Fleck bewegt werden muß.

Es braucht darum nicht frei zu liegen: eine Falte in der Tischdecke, ein Bausch im Vorhang kann schon den Ort verraten, an dem man zu suchen hat.
Sie kennen Poes Geschichte vom »Entwendeten Brief«? Dann erinnern Sie sich sicher der Frage: »Haben Sie nicht bemerkt, daß alle Menschen, wenn sie einen Brief verstecken, ihn, wenn auch nicht gerade in ein ausgehöhltes Stuhlbein, so doch wenigstens in irgend einem verborgenen Loch oder Winkel unterbringen?« Herr Dupin, Poes Detektiv, weiß das. Und darum findet er den Brief da, wo sein sehr gerissener Gegenspieler ihn aufbewahrt: nämlich im Kartenhalter an der Wand, vor aller Leute Augen.
Nicht in der »guten Stube« suchen lassen. Ostereier gehören ins Wohnzimmer, und je unaufgeräumter es ist, desto besser.
Im achtzehnten Jahrhundert hat man gelehrte Abhandlungen über die seltsamsten Dinge geschrieben: über Findelkinder und Spukhäuser, über die Arten des Selbstmordes und die Bauchrednerei. Ich könnte mir eine übers Eierverstecken ausdenken, die es an Gelehrsamkeit mit den genannten aufnehmen könnte.
Sie würde zerfallen in drei Hauptstücke oder Kapitel. Darinnen würde der Leser bekanntgemacht mit den drei Urprinzipien oder Anfangsgründen aller Verstecke-Kunst.
Ad eins: Das Prinzipium der Klammer. Das wäre die Anweisung zur Ausnutzung von Fugen und Spalten. Der Unterricht in der Kunst, Eier in der Schwebe zu halten zwischen Riegeln und Klinken, zwischen Bild und Wand, zwischen Tür und Angel, in der Öffnung eines Schlüssels so gut wie zwischen den Röhren einer Zentralheizung.
Ad zwei: Das Prinzipium der Füllung. In diesem Kapitel würde man lernen, Eier als Pfropfen auf den Flaschenhals, als Lichter auf den Kerzenhalter, als Staubgefäß in einen Blumenkelch, als Birne in eine elektrische Lampe zu praktizieren.
Ad drei: Das Prinzipium der Höhe und Tiefe. Bekanntlich fassen die Leute zuerst ins Auge, was ihnen in Blickhöhe gegenüber ist; dann schauen sie nach oben, erst ganz zuletzt kümmern sie sich um das, was zu ihren Füßen liegt. Kleine Eier kann man auf Bildleisten balancieren lassen, größere auf dem Kronleuchter, wenn man ihn noch nicht abgeschafft hat. Aber was hat das alles zu sagen im Vergleich mit der Fülle von abgefeimten Asylen, die wir fünf oder zehn Zentimeter überm Fußboden zur Verfügung

haben. Da kommt in Gestalt von Tischfüßen, Sockeln, Teppichfransen, Papierkörben, Klavierpedalen das Gras, in das der echte Osterhase allein seine Eier legt, sozusagen in der Großstadtwohnung zu Ehren.
Und da wir einmal bei der Großstadt sind, soll auch ein Trostwort für die noch dastehen, die zwischen spiegelglatten Wänden in stählernen Möbeln hausen und ihr Dasein, ganz ohne Rücksicht auf den Festkalender, rationalisiert haben. Die mögen sich ihr Grammophon oder ihre Schreibmaschine nur einmal aufmerksam angucken, dann werden sie sehen, daß sie auf kleinstem Raum an ihnen soviel Löcher und Verstecke haben als bewohnten sie eine Siebenzimmerwohnung im Makartstil.
Und nun wäre es gut, diese gewitzte Liste den Kleinen nicht vor Ostermontag in die Hände fallen zu lassen.

Ausgraben und Erinnern

Die Sprache hat es unmißverständlich bedeutet, daß das Gedächtnis nicht ein Instrument für die Erkundung des Vergangnen ist, vielmehr das Medium. Es ist das Medium des Erlebten wie das Erdreich das Medium ist, in dem die alten Städte verschüttet liegen. Wer sich der eignen verschütteten Vergangenheit zu nähern trachtet, muß sich verhalten wie ein Mann, der gräbt. Vor allem darf er sich nicht scheuen, immer wieder auf einen und denselben Sachverhalt zurückzukommen – ihn auszustreuen wie man Erde ausstreut, ihn umzuwühlen, wie man Erdreich umwühlt. Denn »Sachverhalte« sind nicht mehr als Schichten, die erst der sorgsamsten Durchforschung das ausliefern, um dessentwillen sich die Grabung lohnt. Die Bilder nämlich, welche, losgebrochen aus allen früheren Zusammenhängen, als Kostbarkeiten in den nüchternen Gemächern unserer späten Einsicht – wie Torsi in der Galerie des Sammlers – stehen. Und gewiß ist's nützlich, bei Grabungen nach Plänen vorzugehen. Doch ebenso ist unerläßlich der behutsame, tastende Spatenstich in's dunkle Erdreich. Und der betrügt sich selber um das Beste, der nur das Inventar der Funde macht und nicht im heutigen Boden Ort und Stelle bezeichnen kann, an denen er das Alte aufbewahrt. So müssen wahrhafte Erinnerungen viel weniger berichtend verfahren als genau den

Ort bezeichnen, an dem der Forscher ihrer habhaft wurde. Im strengsten Sinne episch und rhapsodisch muß daher wirkliche Erinnerung ein Bild zugleich von dem der sich erinnert geben, wie ein guter archäologischer Bericht nicht nur die Schichten angeben muß, aus denen seine Fundobjekte stammen, sondern jene andern vor allem, welche vorher zu durchstoßen waren.

Traum

Ich ging spät abends nach Hause. Es war eigentlich nicht mein Haus, vielmehr ein prächtiges Mietshaus, in welches ich träumend S...l...n's einlogiert hatte. Da begegnete mir, aus einer Seitenstraße schnell auf mich zueilend, in nächster Nähe des Hausportals, eine Frau, die im Vorübergehen ebenso schnell wie sie sich bewegte flüsterte: Ich geh zum Tee! ich geh zum Tee! Ich folgte der Versuchung ihr nachzugehn nicht, trat vielmehr in das Haus von S...l...n's ein, wo sich alsbald ein unangenehmer Auftritt ergab, in dessen Verlauf der Sohn des Hauses mich an der Nase faßte. Unter entschiedenen Protestworten warf ich die Haustür hinter mir zu. Kaum war ich wieder im Freien, als aus derselben Straße mit denselben Worten dasselbe Frauenzimmer auf mich zuschnellte und diesmal folgte ich ihr. Zu meiner großen Enttäuschung ließ sie sich nicht ansprechen, sondern eilte immer gleich schnell eine etwas abschüssige Gasse entlang, bis sie vor einem eisernen Gitter engste Fühlung mit einem ganzen Haufen von Dirnen bekam, die da offenbar vor ihrem Quartier standen. Ein Schutzmann war nicht weit davon postiert. Mitten in so viel Verlegenheiten erwachte ich. Da fiel mir ein, daß die erregende, gestreifte Seidenbluse des Mädchens in grün und violett geglänzt hatte: den Farben der Packung von Fromms Act. – Diesem Traum ließe sich ein Motto vorsetzen. Es steht im »Manuel des Boudoirs ou essais sur les demoiselles d'Athènes« von 1789: »Forcer les filles de profession de tenir leurs portes ouvertes; la sentinelle se promènerait dans les corridors.«

Ibizenkische Folge

Ibiza, April/Mai 1932.

Höflichkeit

Es ist bekannt, wie die beglaubigten Forderungen der Ethik: Aufrichtigkeit, Demut, Nächstenliebe, Mitleid und viele andere im Interessenkampf des Alltags ins Hintertreffen geraten. Desto erstaunlicher, daß man so selten über die Vermittlung nachgedacht hat, die die Menschen seit Jahrtausenden in diesem Konflikt gesucht und gefunden haben. Das wahrhaft Mittlere, die Resultante zwischen den widerstreitenden Komponenten der Sittlichkeit und des Kampfes ums Dasein ist Höflichkeit. Die Höflichkeit ist keins von beiden: weder sittliche Forderung noch Waffe im Kampf und ist dennoch beides. Mit anderen Worten: sie ist ein Nichts und sie ist alles, je nachdem, von welcher Seite man sie betrachtet. Ein Nichts ist sie als schöner Schein, als Form, gefällig über die Grausamkeit des Streits, der von den Partnern ausgetragen wird, hinwegzutäuschen. Und wie sie nichts weniger als rigorose Sittenvorschrift (sondern nur Repräsentation der außer Kraft gesetzten), so ist auch ihr Wert für den Kampf ums Dasein (Repräsentation von seiner Unentschiedenheit) fiktiv. Dieselbe Höflichkeit jedoch ist alles, wo sie von der Konvention sich selbst und damit auch den Vorgang freimacht. Ist das Verhandlungszimmer von den Schranken der Konvention wie eine Stechbahn rings umschlossen, so tritt die wahre Höflichkeit in Kraft, indem sie diese Schranken niederreißt, das heißt den Kampf ins Schrankenlose erweitert, doch zugleich all jene Kräfte und Instanzen, die er ausschloß, als Helfer, Mittler und Versöhner einläßt. Wer sich von dem abstrakten Bild der Lage, in welcher er mit seinem Partner sich befindet, beherrschen läßt, wird immer nur gewalttätige Versuche, den Sieg in diesem Kampf an sich zu reißen, unternehmen können. Er hat alle Chancen, der Unhöfliche zu bleiben. Ein wacher Sinn dagegen für das Extreme, Komische, Private oder Überraschende der Lage ist die Hohe Schule der Höflichkeit. Er spielt dem, der ihn übt, die Regie der Unterhandlung, am Ende aber auch die der Interessen zu; und schließlich ist er es, der ihre widerstreitenden Elemente vor den erstaunten Augen seines Partners wie die Karten einer Patience verschiebt. Geduld ist ohnehin das Kernstück der Höflichkeit und von allen Tugenden vielleicht die einzige, welche sie unverwandelt übernimmt. Was aber die übrigen betrifft, von denen die gottverlassene Konvention vermeint, es könne ihnen nur in einem »Konflikt der Pflichten« ihr Recht werden, so hat die Höflichkeit als die Muse des Mittelwegs ihnen längst gegeben, was ihnen zukommt: nämlich dem Unterliegenden die nächste Chance.

Nicht abraten

Wer um Rat gefragt wird, tut gut, zuerst des Fragenden eigene Meinung zu ermitteln, um sie sodann ihm zu bekräftigen. Von eines anderen größerer Klugheit ist keiner so leicht überzeugt, und wenige würden daher um Rat fragen, geschähe es mit dem Vorsatz, einem fremden zu folgen. Es ist vielmehr ihr eigener Entschluß, im Stillen schon gefaßt, den sie noch einmal, von der Kehrseite gleichsam, als »Rat« des anderen kennen lernen wollen. Diese Vergegenwärtigung erbitten sie von ihm, und sie haben recht. Denn das Gefährlichste ist, was man »bei sich« beschloß, ins Werk zu setzen, ohne es Rede und Gegenrede wie einen Filter passieren zu lassen. Darum ist dem, der Rat sucht, schon halb geholfen, und wenn er Verkehrtes vorhat, so ist, ihn skeptisch zu bestärken, besser, als ihm überzeugt zu widersprechen.

Raum für das Kostbare

Durch offene Türen, vor denen Perlvorhänge gerafft sind, dringt in den kleinen Dörfern im Süden Spaniens der Blick in Interieurs, aus deren Schatten das Weiß der Wände blendend hervorschlägt. Diese Wände werden vielmals im Jahre geweißt. Und vor der rückwärtigen stehen für gewöhnlich, streng ausgerichtet und symmetrisch, drei, vier Stühle. Um ihre Mittelachse aber spielt die Zunge einer unsichtbaren Waage, in der Willkomm und Abwehr in gleich schweren Schalen liegen. Wie sie so dastehen, anspruchslos in der Form, aber mit auffallend schönem Geflecht, läßt sich manches von ihnen ablesen. Kein Sammler könnte Teppiche Ispahans oder Gemälde van Dycks mit größerem Selbstbewußtsein an den Wänden seines Vestibüls ausstellen als der Bauer diese Stühle in der kahlen Diele. Sie sind aber nicht nur Stühle. Wenn der Sombrero über der Lehne hängt, so haben sie im Nu ihre

Funktion gewechselt. Und in der neuen Gruppe erscheint der Strohhut nicht weniger kostbar als der schlichte Stuhl. So mögen Fischernetz und Kupferkessel, Ruder und tönerne Amphora sich zusammenfinden und hundertmal am Tag sind sie beim Anstoß des Bedarfs bereit, den Platz zu wechseln, neu sich zu vereinen. Mehr oder minder sind sie alle kostbar. Und das Geheimnis ihres Wertes ist die Nüchternheit – jene Kargheit des Lebensraums, in dem sie nicht allein die Stelle, die sie gerade haben, sichtbar haben, sondern Raum, die immer neuen Stellen einzunehmen, an die sie gerufen werden. Im Hause, wo kein Bett ist, ist der Teppich, mit welchem der Bewohner nachts sich zudeckt, im Wagen, wo kein Polster ist, das Kissen kostbar, das man auf seinen harten Boden legt. In unseren wohlbestellten Häusern aber ist kein Raum für das Kostbare, weil kein Spielraum für seine Dienste.

Erster Traum

Mit Jula war ich unterwegs, es war ein Mittelding zwischen Bergwanderung und Spaziergang, das wir unternommen hatten, und nun näherten wir uns dem Gipfel. Seltsamerweise wollte ich das an einem sehr hohen, schräg in den Himmel stoßenden Pfahl erkennen, der, an der überragenden Felswand aufragend, sie überschnitt. Als wir dann oben waren, war das gar kein Gipfel, sondern eher ein Hochplateau, über das eine breite, beiderseits von altertümlichen ziemlich hohen Häusern gebildete Straße sich zog. Nun waren wir mit einmal nicht mehr zu Fuß, sondern saßen in einem Wagen, der durch diese Straße fuhr, nebeneinander, auf dem rückwärtigen Sitz, wie mir scheint; vielleicht änderte auch, während wir in ihm saßen, der Wagen die Fahrtrichtung. Da beugte ich mich zu Jula, um sie zu küssen. Sie bot mir nicht den Mund, sondern die Wange. Und während ich sie küßte, bemerkte ich, daß diese Wange aus Elfenbein und ihrer ganzen Länge nach von schwarzen, kunstvoll ausgespachtelten Riefen durchzogen war, die mich durch ihre Schönheit ergriffen.

Windrose des Erfolges

Es ist ein eingewurzeltes Vorurteil, daß es der Wille sei, der zum Erfolge der Schlüssel ist. Ja, läge der Erfolg nur in der Linie des

Einzeldaseins, wäre er nicht auch der Ausdruck dafür, wie dieses Dasein in das Weltgefüge eingreift. Ein Ausdruck freilich, voller Vorbehalte. Doch sind denn Vorbehalte etwa weniger gegenüber dem Einzeldasein und dem Weltgefüge selbst am Platz? Daher ist der Erfolg, den man so gerne als blindes Spiel des Zufalls beiseite schiebt, der tiefste Ausdruck für die Kontingenzen dieser Welt. Der Erfolg ist die Marotte des Weltgeschehens. Somit hat er am wenigsten zu schaffen mit dem Willen, der ihm nachjagt. Überhaupt sind es nicht die Gründe, die ihn herbeiführen, an denen seine wahre Natur sich dartut, sondern die Figuren der Menschen, die er bestimmt. Es sind seine Lieblinge, an denen er sich zu erkennen gibt. Seine Schoßkinder – und seine Stiefkinder. Der Marotte des Weltgeschehens entspricht die Idiosynkrasie im Einzeldasein. Davon sich Rechenschaft zu geben, war von jeher das Vorrecht des Komischen, dessen Gerechtigkeit kein Werk des Himmels, sondern das unzähliger Versehen ist, die endlich, infolge eines letzten kleinen Fehlers, doch das genaue Resultat ergeben. Wo aber sitzt die Idiosynkrasie des Subjekts? In der Überzeugung. Der Nüchterne, der keine Idiosynkrasien hat, lebt, ohne Überzeugungen zu kennen; Leben und Denken haben sie ihm längst zu Weisheit, wie Mühlsteine das Korn zu Mehl, zerrieben. Die komische Figur jedoch ist niemals weise. Sie ist ein Schelm, ein Tropf, ein Narr, ein armer Schlucker, aber was sie auch sei: diese Welt paßt ihr wie angegossen. Ihr ist Erfolg kein Stern und Mißerfolg kein Unstern. Sie fragt nach Schicksal, Mythos und Verhängnis überhaupt nicht. Ihr Schlüssel ist eine mathematische Figur, die um die Achsen des Erfolges und der Überzeugung konstruiert ist. Die Windrose des Erfolges:

Erfolg bei Preisgabe jedweder Überzeugung. Normalfall des Erfolges: Chlestakoff oder der Hochstapler. – Der Hochstapler läßt sich von der Situation wie ein Medium leiten. Mundus vult decipi. Er wählt sogar seine Namen der Welt zu Gefallen.
Erfolg bei Annahme jedweder Überzeugung. Geniefall des Erfolges. Schweyk oder der Glückspilz. – Der Glückspilz ist eine ehrliche Haut, die es allen recht machen will. Hans im Glück tauscht mit jedem, der Lust dazu hat.
Erfolglosigkeit bei Annahme jedweder Überzeugung. Normalfall der Erfolglosigkeit: Bouvard und Pécuchet oder der Spießer. –

Der Spießer ist der Märtyrer jedweder Überzeugung von Laotse bis Rudolf Steiner. Für jede aber »nur ein viertel Stündchen«. *Erfolglosigkeit* bei Preisgabe jedweder Überzeugung. Geniefall der Erfolglosigkeit: Chaplin oder der Schlemihl. – Der Schlemihl nimmt an nichts Anstoß; er stolpert nur über seine eigenen Füße. Er ist der einzige Friedensengel, der auf die Erde paßt.

Dies die Windrose zur Bestimmung aller guten und widrigen Winde, die mit dem menschlichen Dasein ihr Spiel treiben. Nichts bleibt als ihre Mitte zu bestimmen, den Schnittpunkt der Achsen, den Ort völliger Indifferenz von Erfolg und von Mißerfolg. In dieser Mitte ist der Don Quichotte zu Hause, *der Mann einer einzigen Überzeugung*, dessen Geschichte lehrt, daß in dieser besten oder schlechtesten aller denkbaren Welten, – nur ist sie eben nicht denkbar – die Überzeugung, es sei wahr, was in den Ritterbüchern steht, einen geprügelten Narren selig macht, wenn sie nur seine einzige ist.

Übung

Daß der Schüler den Inhalt des Buchs unterm Kopfkissen am Morgen auswendig weiß, der Herr es den Seinen im Schlafe gibt und die Pause schöpferisch ist – dem Spielraum zu geben ist das A und O aller Meisterschaft und ihr Kennzeichen. Dieser Lohn eben ist es, vor den die Götter den Schweiß gesetzt haben. Denn Kinderspiel ist Arbeit, welche mäßigen Erfolg verspricht, mit der verglichen, die das Glück herbeiruft. So rief Rastellis ausgestreckter kleiner Finger den Ball herbei, der wie ein Vogel auf ihn heraufhüpfte. Die Übung von Jahrzehnten, die dem voranging, hat in Wahrheit weder den Körper noch den Ball »unter seine Gewalt«, sondern dies zustande gebracht: daß beide hinter seinem Rücken sich verständigten. Den Meister durch Fleiß und Mühe bis zur Grenze der Erschöpfung zu ermüden, so daß endlich der Körper und ein jedes seiner Glieder nach ihrer eigenen Vernunft handeln können – das nennt man üben. Der Erfolg ist, daß der Wille, im Binnenraum des Körpers, ein für alle Mal zu Gunsten der Organe abdankt – zum Beispiel der Hand. So kommt es vor, daß einer nach langem Suchen das Vermißte sich aus dem Kopf schlägt, dann eines Tages etwas anderes sucht und so das erste ihm in die Hand fällt. Die Hand hat sich der Sache angenommen und im Handumdrehn ist sie einig mit ihr geworden.

Vergiß das Beste nicht

Eine mir bekannte Person war am ordentlichsten in der Periode ihres Lebens, als sie am unglücklichsten war. Sie vergaß nichts. Ihre laufenden Geschäfte registrierte sie bis ins Kleinste, und wenn es sich um eine Verabredung handelte – die sie niemals vergaß – war sie die Pünktlichkeit selbst. Ihr Lebensweg war wie gepflastert, und es blieb nicht die kleinste Ritze, wo die Zeit hätte ins Kraut schießen können. So ging es eine ganze Weile fort. Da traten Umstände ein, die eine Änderung im Dasein des Betreffenden zur Folge hatten. Es begann damit, daß er die Uhr abschaffte. Er übte sich im Zuspätkommen, und wenn der andere schon gegangen war, nahm er Platz, um zu warten. Hatte er etwas zur Hand zu nehmen, so fand er es selten, und mußte er irgendwo aufräumen, so wuchs die Unordnung anderswo um so mehr. Wenn er an seinen Schreibtisch trat, sah es aus, als ob da einer gehaust hätte. Er selber aber war es, welcher so in Trümmern horstete und hauste, und was er auch besorgte, gleich baute er, wie Kinder, wenn sie spielen, sich selber ein. Und wie die Kinder überall in Taschen, im Sand, im Schubfach auf Vergessenes stoßen, was sie sich da versteckt gehalten haben, so ging es ihm nicht nur im Denken, sondern auch im Leben. Freunde besuchten ihn, wenn er am wenigsten an sie dachte und sie am nötigsten hatte, und seine Geschenke, die nicht kostbar waren, kamen so zur rechten Zeit, als hätte er die Wege des Himmels in Händen. Damals erinnerte er sich am liebsten der Sage vom Hirtenbuben, der eines Sonntags Einlaß in den Berg mit seinen Schätzen, zugleich jedoch die rätselhafte Weisung mitbekommt: »Vergiß das Beste nicht.« In dieser Zeit befand er sich leidlich wohl. Weniges erledigte er und hielt nichts für erledigt.

Gewohnheit und Aufmerksamkeit

Die erste aller Eigenschaften, sagt Goethe, ist die Aufmerksamkeit. Sie teilt jedoch den Vorrang mit der Gewohnheit, die ihr vom ersten Tage an das Feld bestreitet. Alle Aufmerksamkeit muß in Gewohnheit münden, wenn sie den Menschen nicht sprengen, alle Gewohnheit von Aufmerksamkeit verstört werden, wenn sie den Menschen nicht lähmen soll. Aufmerken und Gewöhnung, Anstoß nehmen und Hinnehmen sind Wellenberg und Wellental im Meer der Seele. Dieses Meer aber hat seine Windstillen. Daß einer, der ganz und gar auf einen quälenden Gedanken, auf einen Schmerz und seine Stöße sich konzentriert, dem leisesten Geräusche, einem Murmeln, dem Flug eines Insekts zur Beute werden kann, den ein aufmerksameres und schärferes Ohr vielleicht gar nicht vernommen hätte, steht außer Zweifel. Die Seele, so meint man, läßt sich um so leichter ablenken, je konzentrierter sie ist. Aber ist dieses Lauschen nicht weniger das Ende als die äußerste Entfaltung der Aufmerksamkeit – der Augenblick, da sie aus ihrem eigenen Schoße die Gewohnheit hervorgehen läßt? Dies Schwirren oder Summen ist die Schwelle, und unvermerkt hat die Seele sie überschritten. Es ist, als wolle sie nie mehr in die gewohnte Welt zurück, sie wohnt nun in einer neuen, in der der Schmerz ihr Quartiermacher ist. Aufmerksamkeit und Schmerz sind Komplemente. Doch auch Gewohnheit hat ein Komplement, und dessen Schwelle übertreten wir im Schlaf. Denn was im Traume sich an uns vollzieht, ist ein neues und unerhörtes Merken, das sich im Schoße der Gewohnheit losringt. Erlebnisse des Alltags, abgedroschene Reden, der Bodensatz, der uns im Blick zurückblieb, das Pulsen des eigenen Blutes – dies vorher Unvermerkte macht – verstellt und überscharf – den Stoff zu Träumen. Im Traum kein Staunen und im Schmerze kein Vergessen, weil beide ihren Gegensatz schon in sich tragen, wie Wellenberg und Wellental bei Windstille ineinander gebettet liegen.

Bergab

Das Wort Erschütterung hat man bis zum Überdruß vernommen. Da darf wohl etwas zu seiner Ehre gesagt werden. Es wird sich keinen Augenblick vom Sinnlichen entfernen und sich vor allem an das Eine halten: daß Erschütterung zum Einsturz führt. Wollen die, die uns bei jeder Premiere oder jeder Neuerscheinung ihrer Erschütterung versichern, nun sagen, etwas in ihnen sei eingestürzt? Ach, die Phrase, die vorher feststand, steht auch nachher fest. Wie könnten sie sich auch die Pause gönnen, auf die allein der Einsturz folgen kann. Nie hat sie einer deutlicher gespürt als Marcel Proust beim Tode der Großmutter, der ihm erschütternd, aber gar nicht wirklich schien, bis ihm am Abend, da er sich die Schuhe auszieht, Tränen kommen. Warum? Weil er sich bückte. So ist der Körper gerad dem tiefen Schmerz Erwecker und kann es dem tiefen Denken nicht minder werden. Beides braucht Einsamkeit. Wer einmal einsam einen Berg erstieg, erschöpft da oben ankam, um sodann mit Schritten, welche seinen ganzen Körperbau erschüttern, sich bergab zu wenden, dem lokkert sich die Zeit, die Scheidewände in seinem Innern stürzen ein und durch den Schotter der Augenblicke trollt er wie im Traum. Manchmal versucht er stehen zu bleiben und kann es nicht. Wer weiß, ob es Gedanken sind, was ihn erschüttert, oder der rauhe Weg? Sein Körper ist ein Kaleidoskop geworden, das ihm bei jedem Schritte wechselnde Figuren der Wahrheit vorführt.

Haschisch in Marseille

Vorbemerkung: Eines der ersten Zeichen, daß der Haschisch zu wirken beginnt, »ist ein dumpfes Ahnungs- und Beklommenheitsgefühl; etwas Fremdes, Unentrinnbares naht... Bilder und Bilderreihen, längst versunkene Erinnerungen treten auf, ganze Szenen und Situationen werden gegenwärtig, sie erregen zuerst Interesse, zuweilen Genuß, schließlich, wenn es kein Abwenden von ihnen gibt, Ermüdung und Pein. Von allem, was geschieht, auch von dem, was er sagt und tut, wird der Mensch überrascht und überwältigt. Sein Lachen, all seine Äußerungen stoßen ihm zu wie Geschehnisse von außen. Er gelangt auch zu Erlebnissen, die der Eingebung, der Erleuchtung nahekommen... Der Raum kann sich weiten, der Boden abschüssig werden, atmosphärische Sensationen treten auf: Dunst, Undurchsichtigkeit, Schwere der Luft; Farben werden heller, leuchtender; Gegenstände schöner oder auch klobig und bedrohlich... All dies vollzieht sich nicht in kontinuierlicher Entwicklung, vielmehr ist das Typische ein fortwährender Wechsel von traumhaftem und wachem Zustand, ein ständiges, schließlich erschöpfendes Hin- und Hergeworfenwerden zwischen völlig verschiedenen Bewußtseinswelten; mitten im Satz kann dieses Versinken oder Auftauchen erfolgen... Von alledem berichtet uns der Berauschte in einer Form, die meist sehr erheblich von der Norm abweicht. Die Zusammenhänge werden wegen des oft plötzlichen Abreißens jeder Erinnerung an Vorhergegangenes schwierig, das Denken gestaltet sich nicht zum Wort, die Situation kann von so bezwingender Heiterkeit werden, daß der Haschischesser minutenlang zu nichts fähig ist als zum Lachen ... Die Erinnerung an den Rausch ist überraschend scharf.« – »Es ist merkwürdig, daß die Haschischvergiftung bisher noch nicht experimentell bearbeitet wurde. Die vorzüglichste Schilderung des Haschisch-Rausches stammt von Baudelaire (Paradis artificiels).« Aus Joël und Fränkel: »Der Haschisch-Rausch«, Klinische Wochenschrift 1926, V, 37.

Marseille, 29. Juli. Um sieben Uhr abends nach langem Zögern Haschisch genommen. Ich war am Tage in Aix gewesen. Mit der unbedingten Gewißheit, in dieser Stadt von Hunderttausenden, wo niemand mich kennt, nicht gestört werden zu können, liege ich auf dem Bett. Und doch stört mich ein kleines Kind, das weint. Ich denke, es ist schon eine Dreiviertelstunde verstrichen. Aber nun sind es doch erst zwanzig Minuten ... So liege ich auf dem Bett; las und rauchte. Mir gegenüber immer dieser Blick in den ventre von Marseille. Die Straße, die ich so oft sah, ist wie ein Schnitt, den ein Messer gezogen hat.
Ich verließ endlich das Hotel, mir schien die Wirkung auszubleiben oder so schwach werden zu sollen, daß die Vorsicht des Daheimbleibens unterlassen werden mochte. Erste Station das Café Ecke Cannebière und Cours Belsunce. Vom Hafen gesehen das rechte, also nicht mein gewöhnliches. Nun? Nur das gewisse Wohlwollen, die Erwartung, Leute einem freundlich entgegenkommen zu sehen. Das Gefühl der Einsamkeit verliert sich recht rasch. Mein Stock fängt an, mir besondere Freude zu machen. Man wird so zart: fürchtet, ein Schatten, der aufs Papier fällt, könnte ihm schaden. – Der Ekel schwindet. Man liest die Tafeln auf den Pissoirs. Ich würde mich nicht wundern, wenn der und der auf mich zukäme. Da sie es aber nicht tun, macht es mir auch nichts. Es ist mir hier jedoch zu laut.
Nun kommen die Zeit- und Raumansprüche zur Geltung, die der Haschischesser macht. Die sind ja bekanntlich absolut königlich. Versailles ist dem, der Haschisch gegessen hat, nicht zu groß, und die Ewigkeit dauert ihm nicht zu lange. Und auf dem Hintergrunde dieser immensen Dimensionen des inneren Erlebens, der absoluten Dauer und der unermeßlichen Raumwelt, verweilt nun ein wundervoller, seliger Humor desto lieber bei den Kontingenzen der Raum- und Zeitwelt. Ich empfinde diesen Humor unendlich, wenn ich im Restaurant Basso erfahre, die warme Küche würde gleich geschlossen, während ich mich eben niedergelassen

habe, um mich in die Ewigkeit hineinzutafeln. Nachher nichtsdestoweniger das Gefühl, daß ja dies alles hell, besucht, belebt ist und auch bleiben wird. Ich muß notieren, wie ich meinen Platz fand. Mir kam es auf den Blick auf den vieux port an, den man von den oberen Etagen aus hat. Im Vorbeigehen, unten, erspähte ich einen freien Tisch auf den Balkons des zweiten Stockwerks. Schließlich kam ich doch nur bis zum ersten. Die meisten Tische am Fenster waren besetzt. Da ging ich auf einen ganz großen zu, der eben erst frei geworden war. Im Augenblick des Platznehmens aber schien mir das Mißverhältnis: mich an einem so großen Tisch zu placieren, so beschämend, daß ich quer durch das ganze Stockwerk auf das entgegengesetzte Ende zuging, um an einem kleineren Platz zu nehmen, der eben dort mir erst sichtbar geworden war.
Aber das Essen war später. Erst die kleine Bar am Hafen. Ich war schon grade wieder im Begriffe, ratlos kehrt zu machen, denn auch von dort schien ein Konzert und zwar ein Bläserchor zu kommen. Gerade daß ich mir noch Rechenschaft davon geben konnte, das sei nichts anderes als das Geheul der Autohupen. Auf dem Wege zum vieux port schon diese wundervolle Leichtigkeit und Bestimmtheit im Schritt, die den steinigen, unartikulierten Erdboden des großen Platzes, über den ich ging, mir zum Boden einer Landstraße machte, über die ich, rüstiger Wanderer, bei Nacht dahinzog. Denn die Cannebière vermied ich um diese Zeit noch, meiner regulierenden Funktionen nicht ganz sicher. In jener kleinen Hafenbar begann dann der Haschisch seinen eigentlich kanonischen Zauber mit einer primitiven Schärfe spielen zu lassen, mit der ich ihn vordem wohl noch kaum erlebte. Nämlich er machte mich zum Physiognomiker, zumindest zum Betrachter von Physiognomien, und ich erlebte etwas in meiner Erfahrung ganz Einziges: ich verbiß mich förmlich in die Gesichter, die ich da um mich hatte und die zum Teil von remarkabler Roheit oder Häßlichkeit waren. Gesichter, die ich gemeinhin aus einem doppelten Grunde gemieden hätte: weder hätte ich gewünscht, ihre Blicke auf mich zu ziehen, noch hätte ich ihre Brutalität ertragen. Es war ein ziemlich weit vorgeschobener Posten, diese Hafenkneipe. (Ich glaube, der äußerste, der mir ohne Gefahr noch zugänglich war und den ich hier, im Rausche, mit derselben Sicherheit ermessen hatte, mit der man, tief ermüdet, ein Glas mit Wasser so

genau randvoll und daß kein Tropfen überfließt, zu füllen weiß, wie man mit frischen Sinnen es niemals zustande bringt.) Immer noch weit genug entfernt von der Rue Bouterie, aber doch saß da kein Bourgeois; höchstens neben dem eigentlichen Hafenproletariat ein paar Kleinbürgerfamilien aus der Nachbarschaft. Ich begriff nun auf einmal, wie einem Maler – ist es nicht Rembrandt geschehen und vielen anderen? – die Häßlichkeit als das wahre Reservoir der Schönheit, besser als ihr Schatzbehalter, als das zerrissene Gebirge mit dem ganzen inwendigen Golde des Schönen, erscheinen konnte, das aus Falten, Blicken, Zügen herausblitzte. Besonders erinnere ich mich an ein grenzenlos tierisches und gemeines Männerantlitz, aus dem mich plötzlich die »Falte des Verzichts« erschütternd traf. Männergesichter waren es vor allem, die es mir angetan hatten. Es fing nun das lang ausgehaltene Spiel an, daß in jedem Antlitz mir ein Bekannter auftauchte; oft wußte ich seinen Namen, oft wieder nicht; die Täuschung schwand, wie im Traume Täuschungen schwinden, nämlich nicht beschämt und kompromittiert, sondern friedlich und freundlich wie ein Wesen, das seine Schuldigkeit getan hat. Unter diesen Umständen konnte von Einsamkeit keine Rede mehr sein. War ich mir selbst Gesellschaft? Das wohl denn doch nicht so unverstellt. Ich weiß auch nicht, ob es mich dann so hätte beglücken können. Sondern wohl eher dieses: ich wurde mir selber der gewiegteste, zarteste, unverschämteste Kuppler und führte mir die Dinge mit der zweideutigen Sicherheit dessen zu, der die Wünsche seines Auftraggebers aus dem Grunde kennt und studiert hat. – Dann begann es eine halbe Ewigkeit zu dauern, bis der Kellner wieder erschien. Vielmehr ich konnte sein Erscheinen nicht abwarten. Ich trat in den Barraum ein und bezahlte am Tisch. Ob in solcher Kneipe Trinkgeld üblich, weiß ich nicht. Sonst aber hätte ich in jedem Fall etwas gegeben. Im Haschisch, gestern, war ich eher knauserig; aus Furcht, durch Extravaganzen aufzufallen, machte ich mich erst recht auffällig.

So auch bei Basso. Erst ließ ich ein Dutzend Austern kommen. Der Mann wollte auch den folgenden Gang gleich bestellt wissen. Ich bezeichnete irgend etwas Landläufiges. Er kam nun mit der Nachricht, das sei nicht mehr da. Da strich ich auf der Karte in der Nähe dieser Speise herum, schien eins nach dem anderen bestellen zu wollen, dann fiel mir der Name des Darüberstehenden

ins Auge und so fort, bis ich endlich beim Obersten angelangt war. Das war aber nicht nur Verfressenheit, sondern eine ganz ausgesprochene Höflichkeit gegen die Speisen, die ich nicht durch eine Ablehnung beleidigen wollte. Kurz, ich blieb an einem pâté de Lyon hängen. Löwenpastete, dachte ich witzig lachend, als es sauber auf einem Teller vor mir lag, und dann verächtlich: Dies zarte Hasen- oder Hühnchenfleisch – was es nun sein mag. Meinem Löwenhunger wäre es nicht unangemessen erschienen, sich an einem Löwen zu sättigen. Im übrigen stand mir im stillen fest, ich würde, sowie ich bei Basso fertig sei (das war gegen halb elf), woandershin gehen und ein zweites Mal zu Abend essen.
Erst aber noch der Gang zu Basso. Ich strich am Kai entlang und las einen nach dem anderen die Namen der Boote, die dort festgemacht waren. Dabei überkam mich eine unbegreifliche Fröhlichkeit, und ich lächelte der Reihe nach allen Vornamen Frankreichs ins Gesicht. Mir schien die Liebe, die diesen Booten mit ihrem Namen versprochen war, wunderbar schön und rührend. Nur an einem »Aero II«, das mich an Luftkrieg erinnerte, ging ich unleutselig vorüber, genau wie ich zuletzt auch in der Bar, aus welcher ich gekommen war, über gewisse, allzu entstellte Mienen mit den Blicken hatte hinweggehen müssen.
Oben bei Basso begannen dann, wenn ich hinunter sah, die alten Spiele. Der Platz vorm Hafen war meine Palette, auf der die Phantasie die Ortsgegebenheiten mischte, so und anders probierte ohne Rechenschaft von sich zu fordern, so wie ein Maler, der auf der Palette träumt. Ich zögerte, dem Wein zuzusprechen. Es war eine halbe Flasche Cassis. Ein Stück Eis schwamm im Glase. Doch vertrug er sich trefflich mit meiner Droge. Ich hatte meinen Platz der geöffneten Scheibe wegen gewählt, durch die ich auf den dunklen Platz hinunterblicken konnte. Und wenn ich dies nun hin und wieder tat, bemerkte ich, daß er die Neigung hatte, mit jedem, der ihn betrat, sich zu verändern, gleich als bilde er ihm eine Figur, die, wohlverstanden, nichts mit dem zu tun hat, wie er ihn sieht, sondern eher mit dem Blick, welchen die großen Porträtisten des siebzehnten Jahrhunderts je nach dem Charakter der Standesperson, die sie vor eine Säulengalerie oder ein Fenster stellen, aus dieser Galerie, diesem Fenster herausheben. Später notierte ich im Herunterschauen: »Vom Jahrhundert zu Jahrhundert werden die Dinge fremder.«

Ich muß hier dies allgemein anmerken: Die Einsamkeit solchen Rausches hat ihre Schattenseiten. Nur vom Physischen zu sprechen, so gab es einen Augenblick dort in der Hafenkneipe, wo ein heftiger Druck aufs Zwerchfell sich Erleichterung in einem Summen suchte. Und kein Zweifel, daß wirklich Schönes, Einleuchtendes unerweckt bleibt. Aber andererseits wirkt Einsamkeit dann wieder als ein Filter. Was man am nächsten Tage niederschreibt, ist mehr als eine Aufzählung von Impressionen; der Rausch setzt sich in der Nacht mit schönen prismatischen Rändern gegen den Alltag ab; er bildet eine Art Figur und ist andenklicher. Ich möchte sagen: er schrumpft und bildet eine Blumenform.
Man müßte, um den Rätseln des Rauschglücks näher zu kommen, über den Ariadne-Faden nachdenken. Welche Lust in dem bloßen Akt, einen Knäuel abzurollen. Und diese Lust ganz tief verwandt mit der Rauschlust wie mit der Schaffenslust. Wir gehen vorwärts; wir entdecken dabei aber nicht nur die Windungen der Höhle, in die wir uns vorwagen, sondern genießen dieses Entdeckerglück nur auf dem Grunde jener anderen rhythmischen Seligkeit, die da im Abspulen eines Knäuels besteht. Eine solche Gewißheit vom kunstreich gewundenen Knäuel, das wir abspulen – ist das nicht das Glück jeder, zumindest prosaförmigen, Produktivität? Und im Haschisch sind wir genießende Prosawesen höchster Potenz.
An ein sehr versunkenes Glücksempfinden, das nachher auf einem Seitenplatz der Cannebière auftrat, wo die Rue Paradis in Anlagen mündet, ist schwerer heranzukommen als an alles bisherige. Ich finde glücklicherweise auf meiner Zeitung den Satz: »Mit dem Löffel muß man das Gleiche aus der Wirklichkeit schöpfen.« Mehrere Wochen vorher hatte ich einen anderen von Johannes V. Jensen notiert, der scheinbar Ähnliches sagte: »Richard war ein junger Mann, der Sinn für alles Gleichartige in der Welt hatte.« Dieser Satz hatte mir sehr gefallen. Er ermöglicht mir jetzt, den politisch-rationalen Sinn, den er für mich besaß, mit dem individuell-magischen meiner gestrigen Erfahrung zu konfrontieren. Während der Satz bei Jensen für mich darauf hinauskam, daß die Dinge so sind, wie wir ja wissen, durchtechnisiert, rationalisiert, und das Besondere steckt heute nur noch in Nüancen, war die neue Einsicht durchaus anders. Ich sah nämlich nur Nüancen: diese jedoch waren gleich. Ich vertiefte mich in das

Pflaster vor mir, das durch eine Art Salbe, mit der ich gleichsam darüber hinfuhr, als eben dieses Selbe und Nämliche auch das Pariser Pflaster sein konnte. Man redet oft davon: Steine für Brot. Hier diese Steine waren das Brot meiner Phantasie, die plötzlich heißhungrig darauf geworden war, das Gleiche aller Orte und Länder zu kosten. Und dennoch dachte ich mit ungeheurem Stolz daran, hier in Marseille im Haschischrausche zu sitzen; wer hier wohl noch meinen Rausch teile, an diesem Abend, wie wenige. Wie ich nicht fähig sei, kommendes Unglück, kommende Einsamkeit zu fürchten, immer bliebe der Haschisch. In diesem Stadium spielte die Musik von einem Nachtlokal, das nebenan lag und welcher ich gefolgt war, eine Rolle. G. fuhr in einer Droschke an mir vorüber. Es war ein Husch, genau wie vorher aus dem Schatten der Boote sich plötzlich in Gestalt eines Hafenbummlers und Gelegenheitsmachers U. gelöst hatte. Aber es gab nicht nur Bekannte. Hier im Stadium der tiefen Versunkenheit zogen zwei Figuren – Spießer, Strolche, was weiß ich – als »Dante und Petrarca« an mir vorüber. »Alle Menschen sind Brüder.« So begann eine Gedankenkette, die ich nicht mehr zu verfolgen weiß. Aber ihr letztes Glied war bestimmt viel unbanaler geformt als ihr erstes und führte vielleicht auf Tierbilder hinaus.

»Barnabe« stand auf einer Elektrischen, die vor dem Platze, an dem ich saß, kurz hielt. Und mir schien die traurig-wüste Geschichte von Barnabas kein schlechtes Fahrtziel für eine Tram ins Weichbild von Marseille. Sehr schön war, was sich um die Tür des Tanzlokals herum begab. Ab und zu trat ein Chinese in blauseidenen Hosen und rosa leuchtender Seidenjacke heraus. Das war der Türsteher. Mädchen machten sich in der Öffnung sichtbar. Ich war sehr wunschlos gestimmt. Lustig war es, einen jungen Mann mit einem Mädchen in weißem Kleide daherkommen zu sehen und sofort denken zu müssen: »Da ist sie ihm nun von drinnen im Hemde entflohen, und er holt sie sich wieder zurück. Na ja.« Es schmeichelte mir der Gedanke, hier in einem Zentrum aller Ausschweifung zu sitzen, und mit »hier« war nicht etwa die Stadt, sondern der kleine, nicht sehr ereignisreiche Fleck gemeint, auf dem ich mich befand. Aber die Ereignisse kamen eben so zustande, daß die Erscheinung mich mit einem Zauberstab berührte und ich in einen Traum von ihr versank. Die Menschen und

Dinge verhalten sich in solchen Stunden wie jene Holundermark-Requisiten und Holundermark-Männchen im verglasten Stanniolkasten, die durch das Reiben des Glases elektrisch geworden sind und nun bei jeder Bewegung in die ungewöhnlichste Beziehung zueinander treten müssen.
Die Musik, die inzwischen immer wieder aufklang und abnahm, nannte ich die strohernen Ruten des Jazz. Ich habe vergessen, mit welcher Begründung ich mir gestattete, ihren Takt mit dem Fuß zu markieren. Das geht gegen meine Erziehung, und es geschah nicht ohne eine inwendige Auseinandersetzung. Es gab Zeiten, in denen die Intensität der akustischen Eindrücke alle anderen verdrängte. Vor allem in der kleinen Bar ging plötzlich alles, und zwar im Lärm von Stimmen, nicht von Straßen, unter. An diesem Stimmenlärm war nun das Eigentümlichste, daß er ganz und gar nach Dialekt klang. Die Marseiller sprachen mir plötzlich sozusagen nicht gut genug Französisch. Sie waren auf der Dialektstufe stehen geblieben. Das Entfremdungsphänomen, das hierin liegen mag und das Kraus mit dem schönen Wort formuliert hat: »Je näher man ein Wort ansieht, desto ferner blickt es zurück«, scheint auch aufs Optische sich zu erstrecken. Jedenfalls finde ich unter meinen Aufzeichnungen die verwunderte Notiz: »Wie die Dinge den Blicken standhalten.«
Es klang dann ab, als ich über die Cannebière ging und endlich einbog, um in einem kleinen Café des Cours Belsunce noch etwas Eis zu essen. Das war nicht weit von dem andern, ersten Café des Abends, in dem plötzlich das Liebesglück, mit welchem die Betrachtung einiger im Wind gewellter Fransen mich beschenkte, mich davon überzeugte, daß der Haschisch ans Werk gegangen sei. Und wenn ich dieses Zustands mich erinnere, möchte ich glauben, daß der Haschisch die Natur zu überreden weiß, jene Verschwendung des eignen Daseins, das die Liebe kennt, uns – minder eigennützig – freizugeben. Wenn nämlich in den Zeiten, da wir lieben, unser Dasein der Natur wie goldene Münzen durch die Finger geht, die sie nicht halten kann und fahren läßt, um so das Neugeborene zu erhandeln, so wirft sie nun, ohne irgend etwas zu hoffen oder erwarten zu dürfen, uns mit vollen Händen dem Dasein hin.

In der Sonne

Siebzehn Arten von Feigen gibt es, wie es heißt, auf der Insel. Ihre Namen – sagt sich der Mann, der in der Sonne seinen Weg macht – müßte man kennen. Ja man müßte die Gräser und die Tiere nicht allein gesehen haben, die der Insel Gesicht, Laut und Geruch geben, die Schichtungen des Gebirges und die Arten des Bodens, der vom staubigen Gelb bis zum violetten Braun geht, mit den breiten Zinnoberflächen dazwischen – sondern vor allem ihren Namen müßte man wissen. Ist nicht jeder Erdstrich Gesetz einer nie wiederkehrenden Begegnung von Gewächsen und Tieren und also jede Ortsbezeichnung eine Chiffre, hinter welcher Flora und Fauna ein erstes und ein letztes Mal aufeinandertreffen? Aber der Bauer hat ja den Schlüssel der Chiffreschrift. Er kennt die Namen. Dennoch ist es ihm nicht gegeben, über seinen Sitz etwas auszusagen. Sollten die Namen ihn wortkarg machen? Dann fällt die Fülle des Worts nur dem zu, der das Wissen ohne die Namen hat, die Fülle des Schweigens aber dem, der nichts hat als sie?

Gewiß stammt der, der so im Gehen vor sich hin sinnt, nicht von hier, und kamen ihm daheim Gedanken unter freiem Himmel, so war es Nacht. Nur mit Befremden ruft er sich ins Gedächtnis, daß ganze Völker – Juden, Inder, Mauren – ihr Lehrgebäude unter einer Sonne sich errichtet haben, die ihm das Denken zu wehren scheint. Diese Sonne steht sengend in seinem Rücken. Harz und Thymian schwängern die Luft, in der er, atemholend, zu ersticken glaubt. Eine Hummel schlägt an sein Ohr. Noch hat er ihre Nähe kaum erfaßt, da hat der Strudel der Stille sie schon wieder fortgezogen. Die achtlos preisgegebene Botschaft vieler Sommer – zum erstenmal stand sein Ohr ihr offen, und da brach sie ab. Der fast verwischte Pfad wird breiter; Spuren führen auf einen Meiler. Dahinter duckt im Dunst sich das Gebirge, nach dem die Blicke des Steigenden Ausschau hielten.

Auf seiner Wange wird etwas Kaltes spürbar. Er hält es für eine Fliege und schlägt danach. Aber es ist nur der erste Schweißtropfen. Bald kommt der Durst. Er kommt nicht aus dem Gaumen, sondern aus dem Bauch. Von dort verbreitet er sich überall, den Leib, so groß er ist, in dem Vermögen unterweisend, den kümmerlichsten Hauch aus allen Poren einzusaugen und zu trinken. Das

Hemd ist längst von seiner Schulter abgeglitten, und wenn er, um sie vor dem Sonnenbrand zu schützen, es an sich zieht, ist ihm, als ob er einen nassen Umhang handhabt. In eine Senkung werfen Mandelbäume ihren Schatten dem Stamm zu Füßen. Mandeln sind der Reichtum des Landes. Keine Frucht erhält der Bauer besser bezahlt. Um diese Zeit ist es die einzig reife und angenehm im Schreiten, nach den Zweigen auszugreifen. Die Hand trennt sich nur schwer auch von entkernten Schalen. Sie führt sie eine Zeitlang mit, läßt sie in einer Strömung treiben, die sie selbst dahin reißt. Reif sind die Kerne, doch nicht ganz; der Saft in ihnen ist frischer als nachher, wenn ihre Haut braun und nicht mehr zu lockern ist. Jetzt hat sie noch die Farbe des Elfenbeins, wie die Ziegenkäse und Frauenmieder. Elfenbeinern ist ihr Geschmack. Wer sie zwischen den Zähnen hat, hört ungerührt im Laub der Feigenbäume Quellen rauschen. Die Feigen aber stecken, grün und hart, kaum sichtbar, in den Blattachseln. Der Augenblick ist gekommen, da nur die Bäume zu leben scheinen. In den Pinien klirren Zikaden; ihr Lärm klingt aus den staubigen Feldern wider. Die liegen nun abgeerntet mit dem plumpen Ausdruck derer, die alles weggegeben haben. Ihre letzte Habe, der Schatten, schrumpft, eingesammelt, am Fuße der hohen Mieten. Denn es ist die Stunde der Sammlung.

Die Wälder selber liegen um die Kuppen, als hätte die Harke des Sommers sie eingebracht. Nur Weiden stehen vereinzelt in den Stoppeln, und ihr Laub glänzt schwarz und weißlich wie Tulasilber. Keins ist bewimpelter und dennoch spröder, reicher an Winken, die kaum mehr vernommen werden. Dennoch trifft ihrer einer den Vorübergehenden. Der Tag, da er mit einem Baum gefühlt hat, kommt ihm in den Sinn. Damals bedurfte es nur derer, die er liebte – sie stand, um ihn recht unbekümmert, auf dem Rasen – und seiner Trauer oder seiner Müdigkeit. Da lehnte er den Rücken gegen einen Stamm, und nun nahm der sein Fühlen in die Lehre. Er lernte mit ihm, wenn er zu schwanken anfing, Luft zu schöpfen und auszuatmen, wenn der Stamm zurückschwang. Freilich war das nur der gepflegte von einem Zierbaum und unausdenkbar das Leben dessen, der von diesem rissigen lernen könnte, der, weitgespalten, dreifach überm Boden auslädt und eine unerforschte Welt begründet, die in drei Himmelsrichtungen sich aufteilt. Kein Pfad erschließt sie. Doch während er

unschlüssig einem folgt, der jeden Augenblick ihn zu verraten droht, bald Miene macht als Feldweg auszulaufen, bald vor einem Dornverhau abzubrechen, hat er als Mann sich wieder in der Hand, wenn sich die Quadern zu Terrassen stufen und Wagenspuren, darin eingedrückt, auf eine Hofstatt in der Nähe deuten.
Kein Laut macht die Nachbarschaft solcher Siedlungen kenntlich. In ihrem Umkreis scheint die Mittagsstille verdoppelt. Aber nun lichten sich die Felder, treten, um einer zweiten, einer dritten Bahn die Gegend freizugeben, auseinander, und während längst die Mauern und die Tennen sich hinter Kuppen Landes oder Laubes verborgen haben, eröffnet in der Verlassenheit der Äcker sich der Kreuzweg, welcher die Mitte stiftet. Nicht Chausseen und Poststraßen sind es, die sie heraufführen, aber auch nicht Schneisen und Wildpfade, sondern da ist ihr Ort, wo im offnen Land sich die Wege begegnen, auf denen seit Jahrhunderten Bauern und ihre Frauen, Kinder und Herden von Feld zu Feld, von Haus zu Haus, von Weideplatz zu Weideplatz sind unterwegs gewesen und selten so, daß sie am gleichen Tag nicht wieder unter ihrem Dach geschlafen hatten. Der Boden hier klingt hohl, der Laut, mit welchem er dem Tritt erwidert, tut dem wohl, der unterwegs ist. Mit diesem Klange legt ihm die Einsamkeit das Land zu Füßen. Wenn er an Stellen, die ihm gut sind, kommt, weiß er, sie ist es, welche sie ihm angewiesen hat; sie hat ihm diesen Stein zum Sitz, diese Mulde zum Nest für seine Glieder angewiesen. Aber er ist schon zu müde, um inne zu halten, und während er die Gewalt über seine Füße verliert, die ihn viel zu schnell tragen, gewahrt er, wie sich seine Phantasie von ihm gelöst hat und, gegen jenen breiten Hang gelehnt, der in der Ferne seinen Weg begleitet, nach eignem Sinn auf ihm zu schalten anfängt. Verrückt sie Felsen und Kuppen? Oder berührt sie sie nur wie mit einem Anhauch? Läßt sie keinen Stein auf dem andern oder alles beim alten?
Es gibt bei den Chassidim einen Spruch von der kommenden Welt, der besagt: es wird dort alles eingerichtet sein wie bei uns. Wie unsre Stube jetzt ist, so wird sie auch in der kommenden Welt sein; wo unser Kind jetzt schläft, da wird es auch in der kommenden Welt schlafen. Was wir in dieser Welt am Leibe tragen, das werden wir auch in der kommenden Welt anhaben. Alles wird sein wie hier – nur ein klein wenig anders. So hält es die

Phantasie. Es ist nur ein Schleier, den sie über die Ferne zieht. Alles mag da stehen wie es stand, aber der Schleier wallt, und unmerklich verschiebt sich's darunter.
Es ist ein Wechseln und Vertauschen; nichts bleibt und nichts verschwindet. Aus diesem Weben aber lösen mit einmal sich Namen, wortlos treten sie in den Schreitenden ein, und während seine Lippen sie formen, erkennt er sie. Sie tauchen auf, und was bedarf es länger dieser Landschaft? Auf jeder namenlosen Ferne drüben ziehen sie vorüber, ohne eine Spur zu hinterlassen. Namen der Inseln, die dem ersten Anblick wie Marmorgruppen aus dem Meer sich hoben, der Schroffen, die den Horizont schartig machten, der Sterne, die im Boot ihn überraschten, wenn sie im frühen Dunkel auf Posten treten. Das Schwirren der Zikaden ist verstummt, der Durst vergangen, der Tag verpraßt. Von unten aus der Tiefe schlägt es an. Ein Hundebellen, ein Steinfall oder ein ferner Zuruf? Während der Lauschende es noch zu sondern trachtet, sammelt sich Ton für Ton in seinem Innern die Glockentraube. Nun reift und schwillt sie in seinem Blut. Lilien blühen im Winkel der Kaktushecke. In der Ferne zieht auf den Feldern zwischen Oliven- und Mandelbäumen ein Wagen vorüber, aber geräuschlos, und wenn die Räder hinterm Laub verschwinden, so scheinen überlebensgroße Frauen, mit dem Gesicht ihm zugewandt, reglos durch das reglose Land zu wallen.

Selbstbildnisse des Träumenden

Der Enkel

Man hatte eine Fahrt zur Großmutter beschlossen. Sie ging in einer Droschke vor sich. Es war Abend. Durch die Scheiben des Kutschenschlags sah ich in einigen Häusern des alten Westens Licht. Ich sagte mir: das ist das Licht aus *jener* Zeit; dasselbe. Aber nicht lange, da erinnerte eine geweißte, in eine alte Häuserfront gebrochene Fassade, die noch unvollendet war, an Gegenwart. Die Droschke überquerte an der Kreuzung mit der Steglitzerstraße die Potsdamer. Als sie nun drüben auf der Seite den Weg fortsetzte, fragte ich mich plötzlich: wie war das früher? als die Großmutter noch lebte? waren da nicht Glöckchen am Pferdejoch? Ich muß doch hören, ob es sie nicht mehr gibt. Im gleichen Augenblicke schärfte ich mein Ohr und in der Tat vernahm ich Glöckchen. Gleichzeitig schien der Wagen nicht mehr zu rollen sondern über Schnee zu gleiten. Schnee lag jetzt auf der Straße. Die Häuser rückten mit ihren sonderbar geformten Dächern oben eng aneinander, so daß zwischen ihnen nur eine kleine Spanne Himmel zu sehen war. Man sah von Dächern abgedeckt Gewölk, das die Gestalt von Kreisringen hatte. Ich dachte, auf diese Wolken hinzuweisen und erstaunte, sie vor mir selber »Mond« nennen zu hören. Im Appartement der Großmutter ergab sich, daß alles zur Bewirtung Nötige von uns mitgebracht worden war. Auf einem hocherhobenen Tablett wurden Kaffee und Kuchen durch den Korridor getragen. Inzwischen war mir klar geworden, daß es auf das Schlafzimmer der Großmutter zuging, und ich war enttäuscht, daß sie nicht auf sein sollte. Auch darein war ich bald geneigt, mich zu ergeben. Es war ja so viel Zeit seither vergangen. Als ich dann in das Schlafzimmer trat, lag dort im Bett ein frühreifes Mädchen in seiner blauen Robe, die nicht mehr frisch war. Es war nicht zugedeckt und schien sich's in dem breiten Bett ziemlich bequem zu machen. Ich ging hinaus und sah nun im Korridor sechs oder noch mehr Kinderbetten nebeneinander stehen. In jedem dieser Betten saß ein Baby, das wie ein Erwachsener gekleidet war. Mir blieb nichts übrig, als im Innern diese Geschöpfe der Familie zuzurechnen. Das machte mich ganz ratlos und ich erwachte.

Der Seher

Oberhalb einer Großstadt. Römische Arena. Des Nachts. Ein Wagenrennen findet statt, es handelt sich – wie ein dunkles Bewußtsein mir sagte – um Christus. Die Meta steht im Mittelpunkt des Traumbildes. Vom Platze der Arena fiel der Hügel steil zur Stadt herunter. Ich begegne an seinem Fuße einer rollenden Elektrischen, auf deren hinterer Plattform im roten, brandigen Gewande der Verdammten erblicke ich eine nahe Bekannte. Der Wagen saust fort, und vor mir steht plötzlich ihr Freund. Die satanischen Züge seines unbeschreiblich schönen Gesichts treten in einem verhaltenen Lächeln heraus. In den Händen, die er erhebt, hält er ein Stäbchen, und mit den Worten: »Ich weiß, daß du der Prophet Daniel bist«, zerbricht er es über meinem Haupt. In diesem Augenblick wurde ich blind. Nun gingen wir miteinander in der Stadt weiter bergab; wir waren bald in einer Straße, auf deren rechter Seite Häuser waren, links freies Feld und an ihrem Ende ein Tor. Darauf schritten wir zu. Ein Gespenst erschien im Fenster des Erdgeschosses von einem Haus, das wir zur Rechten hatten. Und wie wir weitergingen, begleitete es uns im Innern aller Häuser. Es ging durch alle Mauern und blieb immer auf gleicher Höhe mit uns. Ich sah das, trotzdem ich blind war. Ich fühlte, daß mein Freund unter den Blicken des Gespenstes litt. Da wechselten wir unsere Plätze: ich wollte nächst der Häuserreihe sein und ihn schützen. Als wir ans Tor kamen, wachte ich auf.

Der Liebhaber

Mit der Freundin war ich unterwegs, es war ein Mittelding zwischen Bergwanderung und Spaziergang, das wir unternommen hatten, und nun näherten wir uns dem Gipfel. Seltsamerweise wollte ich das an einem sehr hohen, schräg in den Himmel stoßenden Pfahl erkennen, der, an der überhängenden Felswand aufragend, sie überschnitt. Als wir dann oben waren, war das gar kein Gipfel, sondern eher ein Hochplateau, über das eine breite, beiderseits von altertümlichen ziemlich hohen Häusern gebildete Straße sich zog. Nun waren wir mit einmal nicht mehr zu Fuß, sondern saßen in einem Wagen, der durch diese Straße fuhr, nebeneinander, auf dem rückwärtigen Sitz, wie mir scheint; vielleicht änderte auch, während wir in ihm saßen, der Wagen die Fahrtrichtung. Da beugte ich mich zur Geliebten, um sie zu küssen. Sie bot mir nicht den Mund, sondern die Wange. Und während ich sie küßte, bemerkte ich, daß diese Wange aus Elfenbein und ihrer ganzen Länge nach von schwarzen, kunstvoll ausgespachtelten Riefen durchzogen war, die mich durch ihre Schönheit ergriffen.

Der Wissende

Ich sehe mich im Warenhaus Wertheim vor einem flachen Schächtelchen mit Holzfiguren, zum Beispiel einem Schäfchen, genau wie die Tiere der Arche Noah gebildet. Nur war dies Schäfchen noch viel flacher und aus rohem unbemalten Holz. Dies Spielzeug zog mich an. Als ich es mir von der Verkäuferin zeigen lasse, ergibt sich, daß es nach der Art der Wunderplättchen konstruiert ist, die sich in manchen Zauberkästen finden: mit buntem Band umwundene kleine Tafeln, die, locker, eine von der anderen fallen, bald sämtlich blau, bald sämtlich rot, je nachdem man die Bänder hat spielen lassen. Mein Gefallen an diesem flachen Wunderholz ist nach dieser Wahrnehmung nur gewachsen. Ich frage die Verkäuferin nach dem Preis und erstaune sehr, daß es mehr als sieben Mark kosten sollte. Dann will ich auf den Kauf verzichten, so schwer es mir fällt. Wie ich mich aber abwende trifft mein letzter Blick auf etwas Unerwartetes. Die Konstruktion hat sich verwandelt. Die flache Tafel steigt steil als schiefe Ebene aufwärts; an ihrem Ende aber ist ein Tor. Ein Spiegel füllt es aus. In diesem Spiegel sehe ich, was auf der schiefen Ebene, die eine Straße ist, sich abspielt: Zwei Kinder laufen auf der linken Seite. Sonst ist sie leer. Dies alles unter Glas. Die Häuser aber und die Kinder auf dieser Straße sind bunt. Nun kann ich nicht mehr länger widerstehen; ich zahle den Preis und stecke das Erstandene zu mir. Abends will ich es Freunden zeigen. Aber in Berlin sind Unruhen. Die Menge droht das Café zu stürmen, in dem wir zusammen gekommen sind; in fieberhafter Beratung werden alle anderen Cafés durchmustert, keines scheint Schutz zu gewähren. So gehen wir, als Expedition, in die Wüste. Dort ist es Nacht; die Zelte sind aufgeschlagen; Löwen sind in der Nähe. Ich habe meine Kostbarkeit, die ich um alles in der Welt zeigen will, nicht vergessen. Aber die Gelegenheit will nicht kommen. Afrika fesselt alle zu sehr. Und ich erwache, ehe ich das Geheimnis, das sich inzwischen mir erst ganz erschlossen hat, verraten kann: den Dreitakt, in dem das Spielzeug auseinander fällt. Die erste Tafel: jene bunte Straße mit den beiden Kindern. Die zweite: ein Gespinst von feinsten Rädchen, Kolben und Zylindern, Walzen und Transmissionen, alle hölzern, in *einer* Fläche ineinander spielend, ohne Mensch noch Laut. Und endlich die dritte Tafel: der Anblick der neuen Ordnung in Sowjetrußland.

Der Verschwiegene

Da ich im Traume wußte, nun müsse ich bald Italien verlassen, fuhr ich von Capri nach Positano hinüber. Mich beherrschte die Meinung, ein Teil dieser Landschaft sei nur für den erreichbar, der in einer verlassenen Gegend, die dafür ungeeignet war, rechts von der eigentlichen Landungsstelle anlege. Der Ort hatte im Traum nichts von dem wirklichen. Ich stieg weglos einen steilen Hang empor und traf auf eine verlassene Straße, die breit durch nordisch düstern, morschen Tannenwald sich zog. Die überquerte ich und sah zurück. Ein Reh, Hase oder dergleichen bewegte sich laufend längs dieser Straße von links nach rechts. Ich aber ging geradeaus und wußte den Ort Positano entfernt von dieser Einsamkeit, links, etwas unterhalb der Waldstelle. Da zeigte sich nach wenigen Schritten als alter, längst verlassener Teil desselben ein großer, grasüberwucherter Platz, auf dessen linker Längsseite eine hohe, altertümliche Kirche, auf dessen rechter Schmalseite als riesige Nische eine Art großer Kapelle oder Baptisterium stand. Vielleicht grenzten einige Bäume den Ort ab. Jedenfalls war da ein hohes Eisengitter, das den weiträumigen Platz, auf dem auch jene beiden Gebäude einen größeren Abstand hielten, umgab. An das trat ich heran und sah einen Löwen in Saltomortales sich über den Platz bewegen. Er schnellte niedrig über den Boden. Mit Schrecken gewahrte ich gleich darauf einen übergroßen Stier mit zwei gewaltigen Hörnern. Und kaum hatte ich die Gegenwart der beiden Tiere erfaßt, als sie auch schon durch eine Gatterlücke, die ich nicht bemerkt hatte, heraustraten. Im Nu waren eine Anzahl Geistlicher zur Stelle, sowie andere Personen, die unter ihrem Befehl sich in einer Reihe anordneten, um Weisungen entgegenzunehmen, wie sie im Sinne der Tiere lagen, deren Gefahr nun gebannt schien. Weiter erinnere ich mich an nichts, als daß ein Bruder vor mich hin trat und auf seine Frage, ob ich verschwiegen sei, ich mit sonorer Stimme, über deren Gelassenheit ich im Traum erstaunte, »Ja!« erwiderte.

Der Chronist

Der Kaiser stand vor Gericht. Es gab aber nur ein Podium, auf dem ein Tisch stand, und vor diesem Tisch wurden die Zeugen vernommen. Zeuge war gerade eine Frau mit ihrem Kind, einem Mädchen. Sie sollte bezeugen, wie der Kaiser sie durch seinen Krieg verelendet habe. Und um das zu bekräftigen, wies sie zwei Gegenstände vor. Das sei alles, was ihr geblieben wäre. Der erste dieser Gegenstände war ein Besen an einem langen Stiel. Damit halte sie immer noch ihre Wohnung sauber. Der zweite war ein Totenkopf. »Denn so arm hat mich der Kaiser gemacht, sagte sie, daß ich meinem Kind aus keinem anderen Gefäß zu trinken geben kann.«

KURZE SCHATTEN ⟨II⟩

Geheimzeichen. Man überliefert mündlich ein Wort von Schuler. In jeder Erkenntnis müsse, so sagte er, ein Quentchen Widersinn enthalten sein, wie die antiken Teppichmuster oder Ornamentfriese von ihrem regelmäßigen Verlauf immer irgendwo eine geringfügige Abweichung erkennen ließen. Mit andern Worten: Nicht der Fortgang von Erkenntnis zu Erkenntnis ist entscheidend, sondern der Sprung in jeder einzelnen Erkenntnis selbst. Er ist die unscheinbare Echtheitsmarke, die sie von aller Serienware unterscheidet, die nach Schablone angefertigt ist.

Ein Wort von Casanova. »Sie wußte«, sagt Casanova von einer Kupplerin, »daß ich nicht die Kraft haben würde, zu gehen, ohne ihr etwas zu geben.« Seltsames Wort. Welch einer Kraft bedurfte es, die Kupplerin um ihren Lohn zu prellen? Oder, genauer, welche Schwäche ist es, auf welche sie sich stets verlassen kann? Es ist die Scham. Die Kupplerin ist käuflich; nicht die Scham des Kunden, welcher sie bemüht. Der sucht, von ihr erfüllt, sich ein Versteck und findet das verborgenste: im Gelde. Die Frechheit wirft die erste Münze auf den Tisch; die Scham zahlt hundert drauf, sie zu bedecken.

Der Baum und die Sprache. Ich stieg eine Böschung hinan und legte mich unter einen Baum. Der Baum war eine Pappel oder eine Erle. Warum ich seine Gattung nicht behalten habe? Weil, während ich ins Laubwerk sah und seiner Bewegung folgte, mit einmal in mir die Sprache dergestalt von ihm ergriffen wurde, daß sie augenblicklich die uralte Vermählung mit dem Baum in meinem Beisein noch einmal vollzog. Die Äste und mit ihnen auch der Wipfel wogen sich erwägend oder bogen sich ablehnend; die Zweige zeigten sich zuneigend oder hochfahrend; das Laub sträubte sich gegen einen rauhen Luftzug, erschauerte vor ihm oder kam ihm entgegen; der Stamm verfügte über seinen guten Grund, auf dem er fußte; und ein Blatt warf seinen Schatten auf das andre. Ein leiser Wind spielte zur Hochzeit auf und trug alsbald die schnell entsprossenen Kinder dieses Betts als Bilderrede unter alle Welt.

Das Spiel. Das Spiel, wie jede andre Leidenschaft, gibt sein Gesicht darinnen zu erkennen, wie der Funke im leiblichen Bereich von einem Zentrum zum andern überspringt, bald dies bald jenes Organ mobil macht und in ihm das ganze Dasein sammelt und begrenzt. Da ist die Frist, welche der Rechten eingeräumt ist, eh das Kügelchen ins Fach gefallen ist. Sie streicht gleich einem Flugzeug über die Kolonnen, die Saaten der Jetons in ihren Furchen verbreitend. Diese Frist ankündigend, der Augenblick, der einzig dem Ohr vorbehalten ist, in dem die Kugel den Wirbel eben antritt und der Spieler lauscht, wie Fortuna ihre Bässe stimmt. Im Spiel, das sich an alle Sinne wendet, den atavistischen der Hellsicht nicht ausgeschlossen, kommt auch die Reihe an das Auge. Alle Zahlen blinzeln ihm zu. Weil es jedoch die Sprache der Winke am entschiedensten verlernt hat, so führt es die, die ihm vertrauen, am meisten in die Irre. Dafür sind freilich sie es, die dem Spiel die tiefste Devotion bezeigen dürfen. Noch eine Weile bleibt der Einsatz, der verloren ist, vor ihnen liegen. Das Reglement hält sie zurück. Allein nicht anders als einen Liebenden die Ungunst der von ihm Verehrten. Deren Hand sieht er in dem Bereich der seinen; dennoch wird er nichts unternehmen, sie zu fassen. Das Spiel hat leidenschaftlich ihm Ergebene, die es um seiner selbst und keineswegs um dessentwillen lieben, was es gibt. Ja wenn es ihnen alles nimmt, so suchen sie bei sich selbst die Schuld. Sie sagen dann: »Ich habe schlecht gespielt.« Und diese Liebe trägt in solchem Maß den Lohn für ihren Eifer in sich selbst, daß die Verluste lieblich sind, nur weil sie mit ihnen ihren Opfermut beweisen. So ein untadeliger Kavalier des Glücks ist der Fürst von Ligne gewesen, der in den Jahren nach Napoleons Sturz in den Pariser Klubs zu sehen und berühmt der Haltung wegen war, mit welcher er die außerordentlichsten Verluste hinnahm. Sie war tagaus, tagein die nämliche. Die rechte Hand, die immerfort die großen Einsätze auf den Tisch geworfen hatte, hing schlaff herab. Die Linke aber lag unbeweglich, waagerecht, in die Weste hineingeschoben, auf der rechten Brust. Später, durch seinen Kammerdiener, wurde laut, daß diese Brust drei Narben aufwies – den genauen Abdruck der Nägel der drei Finger, welche dort immer so regungslos gelegen hatten.

Die Ferne und die Bilder. Ob sich nicht das Gefallen an der Bilderwelt aus einem düstern Trotz gegen das Wissen nährt? Ich sehe in die Landschaft hinaus: Da liegt das Meer in seiner Bucht spiegelglatt; Wälder ziehen als unbewegliche, stumme Masse an der Kuppe des Berges herauf; droben verfallene Schloßruinen, wie sie schon vor Jahrhunderten gestanden haben; der Himmel strahlt wolkenlos, in ewiger Bläue. So will der Träumer es. Daß dieses Meer in Milliarden und aber Milliarden Wellen sich hebt und senkt, die Wälder von den Wurzeln bis ins letzte Blatt mit jedem neuen Augenblick erzittern, in den Steinen der Schloßruine ein ununterbrochenes Stürzen und Rieseln waltet, im Himmel Gase, ehe sie Wolken bilden, unsichtbar streitend durcheinanderwallen – das alles muß er vergessen, um den Bildern sich zu überlassen. An ihnen hat er Ruhe, Ewigkeit. Jede Vogelschwinge, die ihn streift, jeder Windstoß, der ihn durchschauert, jede Nähe, die ihn trifft, straft ihn Lügen. Aber jede Ferne baut seinen Traum wieder auf, an jede Wolkenwand steht er gelehnt, an jedem erleuchteten Fenster entglimmt er von neuem. Und am vollkommensten erscheint er, wenn es ihm gelingt, der Bewegung selber ihren Stachel zu nehmen, den Windstoß in ein Rauschen und das Huschen der Vögel in den Vogelzug zu wandeln. So der Natur im Rahmen abgeblaßter Bilder Einhalt zu gebieten, ist die Lust des Träumers. Sie unter neuem Anruf in Bann zu schlagen die Gabe der Dichter.

Spurlos wohnen. Betritt einer das bürgerliche Zimmer der achtziger Jahre, so ist bei aller »Gemütlichkeit«, welche es vielleicht ausstrahlt, der Eindruck »Hier hast du nichts zu suchen« der stärkste. Hier hast du nichts zu suchen – denn hier ist kein Fleck, auf dem nicht der Bewohner seine Spur schon hinterlassen hätte: auf den Gesimsen durch die Nippsachen, auf den Polstersesseln durch Deckchen mit dem Monogramm, vor den Fensterscheiben durch Transparente und vor dem Kamin durch einen Ofenschirm. Ein schönes Wort von Brecht hilft von hier fort; weit fort. »Verwische die Spuren!« Hier, im bürgerlichen Zimmer, ist das entgegengesetzte Verhalten zur Gewohnheit geworden. Und umgekehrt nötigt das Interieur seine Bewohner, sich ein Höchstmaß von Gewohnheiten zuzulegen. Sie sind im Bilde des »möblierten Herrn« versammelt, wie er den Wirtinnen vor Augen steht. Das Wohnen war in diesen Plüschgelassen nichts andres als das Nachziehen einer Spur, die von Gewohnheiten gestiftet wurde. Sogar der Zorn, der beim geringsten Schaden dort die Geschädigte befiel, war vielleicht nur die Reaktion des Menschen, welchem man »die Spur von seinen Erdetagen« ausgewischt hat. Die Spur, die er auf Polstern und in Sesseln, die seine Anverwandten in den Photos, die seine Habe in Futteralen und Etuis zurückgelassen hatte und die diese Räume manchmal so übervölkert scheinen ließen wie die Urnenhallen. Das haben nun die neuen Architekten mit ihrem Glas und ihrem Stahl erreicht: Sie schufen Räume, in denen es nicht leicht ist, eine Spur zu hinterlassen. »Nach dem Gesagten«, schrieb bereits vor zwanzig Jahren Scheerbart, »können wir wohl von einer ›Glaskultur‹ sprechen. Das neue Glas-Milieu wird den Menschen vollkommen umwandeln. Und es ist nun nur zu wünschen, daß die neue Glaskultur nicht allzu viele Gegner findet.«

Kurze Schatten. Wenn es gegen Mittag geht, sind die Schatten nur noch die schwarzen, scharfen Ränder am Fuß der Dinge und in Bereitschaft, lautlos, unversehens, in ihren Bau, in ihr Geheimnis sich zurückzuziehen. Dann ist, in ihrer gedrängten, geduckten Fülle, die Stunde Zarathustras gekommen, des Denkers im »Lebensmittag«, im »Sommergarten«. Denn die Erkenntnis umreißt wie die Sonne auf der Höhe ihrer Bahn die Dinge am strengsten.

Denkbilder

Zum Tode eines Alten

Der Verlust, mit dem er einen viel Jüngeren betreffen mag, lenkt dessen Blick vielleicht zum erstenmal auf das, was zwischen Menschen, die ein sehr großer Altersspielraum trennt und trotzdem Zuneigung verbindet, walten kann. Der Tote gab einen Partner ab, mit dem man sicher das Meiste, Wichtigste, was einen anging, nicht berühren konnte. Dafür war das Gespräch mit ihm erfüllt von einer Frische und von einem Frieden wie niemals mit einem Gleichaltrigen. Das hatte aber zweierlei Ursachen. Einmal war jede, auch die unscheinbarste Bestätigung, die beide über die Kluft von Generationen hinweg an einander gewannen, viel zwingender als die durch ihresgleichen. Dann aber fand der Jüngere, was später, wenn ihn die Alten erst verlassen haben, ganz verschwindet, bis er selber alt geworden ist: Zwiesprache, welcher jeglicher Kalkül und jede äußere Rücksicht völlig fernbleibt, weil keiner vom andern etwas zu erwarten hat, keiner auf andere Gefühle stößt als jenes seltene: Wohlwollen ohne jeden Beisatz.

Der gute Schriftsteller

Der gute Schriftsteller sagt nicht mehr, als er denkt. Und darauf kommt viel an. Das Sagen ist nämlich nicht nur der Ausdruck, sondern die Realisierung des Denkens. So ist das Gehen nicht nur der Ausdruck des Wunsches, ein Ziel zu erreichen, sondern seine Realisierung. Von welcher Art aber die Realisierung ist: ob sie dem Ziel präzis gerecht wird oder sich geil und unscharf an den Wunsch verliert – das hängt vom Training dessen ab, der unterwegs ist. Je mehr er sich in Zucht hat und die überflüssigen, ausfahrenden und schlenkernden Bewegungen vermeidet, desto mehr tut jede Körperhaltung sich selbst genug, und desto sachgemäßer ist ihr Einsatz. Dem schlechten Schriftsteller fällt vieles ein, worin er sich so auslebt wie der schlechte und ungeschulte Läufer in den schlaffen und schwungvollen Bewegungen der Glieder. Doch eben darum kann er niemals nüchtern das sagen, was er denkt. Es ist die Gabe des guten Schriftstellers, das Schauspiel, das ein geistvoll durchtrainierter Körper bietet, mit seinem Stil dem Denken zu gewähren. Er sagt nie mehr, als er gedacht hat. So kommt sein Schreiben nicht ihm selber, sondern allein dem, was er sagen will, zugute.

Traum

O...s zeigten mir ihr Haus in Niederländisch-Indien. Das Zimmer, in dem ich mich befand, war mit dunklem Holz getäfelt und erweckte den Eindruck von Wohlstand. Aber das sei noch wenig, sagten meine Führer. Was ich bewundern müsse, sei die Aussicht im Obergeschoß. Ich dachte an den Blick über das weite Meer, das nahebei lag, und so stieg ich die Treppe hinauf. Oben angekommen stand ich vor einem Fenster. Ich blickte hinab. Da lag vor meinen Augen eben dieses warme, getäfelte und anheimelnde Zimmer, das ich im Augenblick verlassen hatte.

Erzählung und Heilung

Das Kind ist krank. Die Mutter bringt's zu Bett und setzt sich zu ihm. Und dann beginnt sie, ihm Geschichten zu erzählen. Wie ist das zu verstehen? Ich ahnte es, als N. mir von der sonderbaren Heilkraft sprach, die in den Händen seiner Frau gelegen habe. Von diesen Händen aber sagte er: »Ihre Bewegungen waren höchst ausdrucksvoll. Doch hätte man ihren Ausdruck nicht beschreiben können... Es war, als ob sie eine Geschichte erzählten.« Die Heilung durch Erzählen kennen wir schon aus den Merseburger Zaubersprüchen. Es ist ja nicht nur, daß sie Odins Formel wiederholen; vielmehr erzählen sie den Sachverhalt, auf Grund von dem er sie zuerst benutzte. Auch weiß man ja, wie die Erzählung, die der Kranke am Beginn der Behandlung dem Arzte macht, zum Anfang eines Heilprozesses werden kann. Und so entsteht die Frage, ob nicht die Erzählung das rechte Klima und die günstigste Bedingung manch einer Heilung bilden mag. Ja ob nicht jede Krankheit heilbar wäre, wenn sie nur weit genug – bis an die Mündung – sich auf dem Strome des Erzählens verflößen ließe? Bedenkt man, wie der Schmerz ein Staudamm ist, der der Erzählungsströmung widersteht, so sieht man klar, daß er durchbrochen wird, wo ihr Gefälle stark genug wird, alles, was sie auf diesem Wege trifft, ins Meer glücklicher Vergessenheit zu schwemmen. Das Streicheln zeichnet diesem Strom ein Bett.

Traum

Berlin; ich saß in einer Kutsche in höchst zweideutiger Mädchengesellschaft. Plötzlich verfinsterte sich der Himmel. »Sodom«, sagte eine Dame gesetzten Alters in einem Kapotthütchen, die plötzlich auch im Wagen war. So gelangten wir ins Weichbild eines Bahnhofes, wo die Gleise nach außen austraten. Hier fand zunächst eine Gerichtssitzung statt, wobei die beiden Parteien an zwei Straßenecken, auf dem bloßen Pflaster, sich gegenübersaßen. Ich bezog mich auf den übergroßen entfärbten Mond, der niedrig am Himmel hervortrat, als auf ein Sinnbild der Gerechtigkeit. Dann war ich bei einer kleinen Expedition, die auf einer Rampe, wie Güterbahnhöfe sie haben (und ich war und blieb nun im Weichbild des Bahnhofes), sich abwärts begab. Vor einem ganz schmalen Rinnsal machte man halt. Das Rinnsal floß zwischen zwei Bändern konvexer Porzellanplatten hin, die aber mehr schwammen als Festland waren und wie Bojen unter dem Fuße nachgaben. Ob die zweiten, jenseitigen, wirklich aus Porzellan waren, ist mir aber nicht sicher. Eher denke ich an Glas. Jedenfalls waren sie lückenlos mit Blumen bestellt, die wie Zwiebeln aus Glasbehältern, nur aus kugeligen, buntfarbigen, hervorkamen und die im Wasser, wieder wie Bojen, sanft gegeneinanderschlugen. Ich trat für einen Augenblick in das Blumenparterre der jenseitigen Reihe hinein. Gleichzeitig hörte ich die Erläuterungen eines kleinen Unterbeamten, welcher uns führte. In dieser Rinne, das besagten seine Ausführungen, bringen sich die Selbstmörder um, die Armen, die nichts mehr besitzen als eine Blume, welche sie zwischen die Zähne nehmen. Dieses Licht fiel nun auf die Blumen. Also ein Acheron, könnte man denken; aber im Traum nichts davon. Man sagte mir, an welcher Stelle ich den Fuß beim Rückschreiten auf die ersten Platten zu setzen habe. Das Porzellan war an dieser Stelle weiß und gerieft. In Gesprächen legten wir den Weg aus der Tiefe des Güterbahnhofs zurück. Ich machte auf die seltsame Zeichnung der Kacheln, die wir noch immer unter den Füßen hatten, aufmerksam und auf ihre Verwendbarkeit für einen Film. Man wollte aber nicht, daß so öffentlich von solchen Projekten gesprochen werde. Auf einmal kam ein zerlumpter Knabe auf dem Weg nach dort unten uns entgegen. Die anderen ließen ihn, wie es schien, ruhig passieren, nur ich griff fieberhaft in all meine Taschen, ich wünschte ein Fünfmarkstück zu finden. Es kam nicht. Ich steckte ihm, da er mich kreuzte – denn er hielt auf seinem Wege nicht inne –, eine etwas kleinere Münze zu und erwachte.

Die »Neue Gemeinschaft«

Ich las »Friedensfest« und »Einsame Menschen«. Ungesittet benahmen die Leute sich in diesem Friedrichshagener Milieu. Aber so kindisch scheinen sich die Leute in dieser »Neuen Gemeinschaft«

Bruno Willes und Bölsches, die zu Gerhart Hauptmanns Jugendzeit von sich reden machte, benommen zu haben. Der heutige Leser fragt sich, ob er einem Geschlecht von Spartiaten angehört, so viel mehr Zucht besitzt er. Was für ein roher Patron ist nicht dieser Johannes Vockerath, den Hauptmann mit sichtlicher Sympathie darstellt. Die Unerzogenheit und Indiskretion scheint die Voraussetzung dieses dramatischen Heldentums. In Wirklichkeit aber ist diese Voraussetzung nichts anderes als: die Krankheit. Hier wie bei Ibsen scheinen ihre vielen Spielarten Decknamen für die Krankheit der Jahrhundertwende, das mal de siècle zu sein. In jenen halb verpfuschten Bohemiens wie Braun und Pastor Scholz ist die Sehnsucht nach Freiheit am stärksten. Andererseits aber scheint es, als ob die intensive Befassung mit der Kunst, mit der sozialen Frage sie erst so krank gemacht hat. Mit andern Worten: Krankheit ist hier ein soziales Emblem, wie der Wahnsinn es bei den Alten gewesen ist. Die Kranken haben ganz besondere Kenntnis vom Zustand der Gesellschaft. In ihnen schlägt die Hemmungslosigkeit in eine untrügliche Witterung der Atmosphäre um, in der die Zeitgenossen atmen. »Nervosität« ist die Zone dieses Umschlagens. Die Nerven sind inspirierte Fäden, gleich jenen Fasern, die sich mit unbefriedigten Verjüngungen, mit sehnsuchtsvollen Buchten um Neunzehnhundert über Mobiliar und Häuserfronten zogen. Die Figur des Bohemiens sah der Jugendstil am liebsten in Gestalt einer Daphne, die unter dem Nahen der verfolgenden Wirklichkeit sich in ein Bündel bloßgelegter, in der Luft der Jetztzeit erschauernder Nervenfasern verwandelt.

Brezel, Feder, Pause, Klage, Firlefanz

Dergleichen Wörter, ohne Bindung und Zusammenhang, sind Ausgangspunkte eines Spieles, das im Biedermeier hoch im Ansehen stand. Aufgabe eines jeden war, sie derart in einen bündigen Zusammenhang zu bringen, daß ihre Reihenfolge nicht verändert wurde. Je kürzer dieser war, je weniger vermittelnde Momente er enthielt, desto beachtenswerter war die Lösung. Zumal bei Kindern fördert dieses Spiel die schönsten Funde. Ihnen nämlich sind Wörter noch wie Höhlen, zwischen denen sie seltsame Verbindungswege kennen. Doch nun vergegenwärtige man sich die Umkehrung des Spieles, sehe einen gegebenen Satz so an, als wäre er nach dessen Regel konstruiert. Mit einem Schlage müßte er ein fremdes, erregendes Gesicht für uns gewinnen. Ein Teil von solcher Sicht liegt aber wirklich in jedem Akt des Lesens eingeschlossen. Nicht nur das Volk liest so Romane – nämlich der Namen oder Formeln wegen, die ihm aus dem Text entgegenspringen; auch der Gebildete liegt lesend auf der Lauer nach Wendungen und Worten, und der Sinn ist nur der Hintergrund, auf dem der Schatten ruht, den sie wie Reliefffiguren werfen. Greifbar wird das zumal an *solchen Texten, die man die heiligen nennt.* Der Kommentar, der ihnen dient, greift Wörter aus solchem Text heraus, als wären sie nach den Regeln jenes Spieles ihm gesetzt und zur Bewältigung aufgegeben worden. Und wirklich haben Sätze, die ein Kind im Spiele aus den Wörtern schlägt, mit denen heiliger Texte mehr Verwandtschaft als mit der Umgangssprache der Erwachsenen. Davon ein Beispiel, welches die Verbindung der vorgenannten Wörter durch ein Kind (in seinem zwölften Lebensjahre) gibt: »Die Zeit schwingt sich wie eine Brezel durch die Natur. Die Feder malt die Landschaft, und entsteht eine Pause, so wird sie mit Regen ausgefüllt. Man hört keine Klage, denn es gibt keinen Firlefanz.«

Einmal ist keinmal

Beim Schreiben hält man hin und wieder über einer schönen Stelle inne, die besser gelungen ist als alle andern und nach der man plötzlich nicht weiter weiß. Etwas ist nicht mit rechten Dingen zugegangen. Es ist, als gäbe es ein böses oder unfruchtbares Gelingen, und vielleicht muß man gerade von diesem einen Begriff haben, um zu erfassen, was es mit dem rechten auf sich hat. Im Grunde sind es zwei Parolen, die sich gegenübertreten: das Ein-für-allemal und das Einmal ist keinmal. Natürlich gibt es Fälle, wo es mit dem Ein-für-allemal getan ist – beim Spiele, im Examen, beim Duell. Nie aber bei der Arbeit. Sie setzt »Einmal ist keinmal« in seine Rechte. Nur ist es nicht jedermann gelegen, auf den Grund der Praktiken und der Verrichtungen zu dringen, in welchem diese Weisheit Wurzel schlägt. Trotzki hat es getan in den paar Sätzen, mit welchen er der Arbeit seines Vaters auf dem

Getreidefeld ein Denkmal setzt. »Ergriffen«, schreibt er, »sehe ich ihm zu. Mein Vater bewegt sich einfach und ganz gebräuchlich; man möchte nicht meinen, er sei bei der Arbeit; seine Schritte sind gleich, es sind Probeschritte, als suche er sich den Platz, wo er erst richtig anfangen kann. Seine Sichel macht schlicht, ohne alle künstliche Zwangslosigkeit, ihren Weg; eher könnte man denken, sie sei nicht ganz sicher; und doch schneidet sie scharf, hart am Boden und wirft in regelmäßigen Bändern nach links, was sie niedergelegt hat.« Da haben wir die Art und Weise des Erfahrenen, welcher es gelernt hat, mit jedem Tag, mit jedem Sensenschwung von neuem anzusetzen. Er hält sich beim Geleisteten nicht auf, ja, unter seinen Händen verflüchtigt sich das schon Geleistete und wird unspürbar. Nur solche Hände werden mit dem Schwersten spielend fertig, weil sie beim Leichtesten behutsam sind. »Ne jamais profiter de l'élan acquis«, sagt Gide. Unter den Schriftstellern zählt er zu denen, bei welchen die »schönen Stellen« am rarsten sind.

Schönes Entsetzen

Der vierzehnte Juli. Von Sacré-Cœur aus übergießen bengalische Feuer Montmartre. Der Horizont hinter der Seine glüht. Feuergarben fahren auf und erlöschen über der Ebene. Zehntausende stehen am steilen Abhang gedrängt und folgen dem Schauspiel. Und diese Menge kräuselt unaufhörlich ein Flüstern wie Fältchen, wenn der Wind im Mantel spielt. Spannt man sein Ohr dem schärfer entgegen, so tönt darin noch anderes als Erwartung der Raketen und Leuchtkugeln. Erwartet nicht diese dumpfe Menge ein Unheil, groß genug, aus ihrer Spannung den Funken zu schlagen; Feuersbrunst oder Weltende, irgend etwas, das dies samtne, tausendstimmige Flüstern umschlagen ließe in einen einzigen Schrei, wie ein Windstoß das Scharlachfutter des Mantels aufdeckt? Denn der helle Schrei des Entsetzens, der panische Schrecken ist die Kehrseite aller wirklichen Massenfeste. Der leise Schauer, der die ungezählten Schultern überrieselt, bangt nach ihm. Für das tiefste, unbewußte Dasein der Masse sind Freudenfeste und Feuersbrünste nur Spiel, an dem sie auf den Augenblick des Mündigwerdens sich vorbereitet, auf die

Stunde, da Panik und Fest, nach langer Brudertrennung sich erkennend, im revolutionären Aufstand einander umarmen. Von Rechts wegen begeht man in Frankreich die Nacht des vierzehnten Juli mit Feuerwerk.

Noch einmal

Ich war im Traum im Landerziehungsheim Haubinda, wo ich aufgewachsen bin. Das Schulhaus lag in meinem Rücken und ich ging im Wald, der einsam war, nach Streufdorf zu. Jetzt war es aber nicht mehr die Stelle, an der der Wald gegen die Ebene abbricht, wo die Landschaft – Dorf und die Kuppe des Straufhaim – auftauchten, sondern als ich in sanfter Wölbung einen niedrigen Berg erstiegen hatte, da fiel er auf der andern Seite beinah senkrecht ab und von der Höhe, die im Niederschreiten sich verminderte, sah ich durch ein Oval von Wipfeln hindurch wie in einem alten ebenholzschwarzen Photorahmen die Landschaft. Sie ähnelte der gemeinten in nichts. An einem großen blauen Strome lag Schleusingen, das sonst weitab liegt, und ich wußte nicht: Ist das Schleusingen oder Gleicherwiesen? Alles war wie in Farbenfeuchte gebadet und dennoch herrschte ein schweres und nasses Schwarz vor, als sei das Bild der eben erst, im Traum, noch einmal schmerzhaft umgepflügte Acker, in den die Samen meines spätren Lebens damals gesät worden waren.

Kleine Kunst-Stücke

Gut schreiben

Der gute Schriftsteller sagt nicht mehr als er denkt. Und darauf kommt viel an. Das Sagen ist nämlich nicht nur der Ausdruck sondern die Realisierung des Denkens. So ist das Gehen nicht nur der Ausdruck des Wunsches, ein Ziel zu erreichen, sondern seine Realisierung. Von welcher Art aber die Realisierung ist: ob sie dem Ziel präzis gerecht wird oder sich geil und unscharf an den Wunsch verliert – das hängt vom Training dessen ab, der unterwegs ist. Je mehr er sich in Zucht hat und die überflüssigen, ausfahrenden und schlenkernden Bewegungen vermeidet, desto mehr tut jede Körperhaltung sich selbst genug, und desto sachgemäßer ist ihr Einsatz. Dem schlechten Schriftsteller fällt vieles ein, worin er sich so auslebt wie der schlechte und ungeschulte Läufer in den schlaffen und schwungvollen Bewegungen der Glieder. Doch eben darum kann er niemals nüchtern das sagen, was er denkt. Es ist die Gabe des guten Schriftstellers, das Schauspiel, das ein geistvoll trainierter Körper bietet, mit seinem Stil dem Denken zu gewähren. Er sagt nie mehr als er gedacht hat. So kommt sein Schreiben nicht ihm selber, sondern allein dem, was er sagen will, zugute.

Romane lesen

Nicht alle Bücher lesen sich auf die gleiche Art. Romane zum Beispiel sind dazu da, verschlungen zu werden. Sie lesen ist eine Wollust der Einverleibung. Das ist nicht Einfühlung. Der Leser versetzt sich nicht an die Stelle des Helden, sondern er verleibt sich ein, was dem zustößt. Der anschauliche Bericht davon aber ist die appetitliche Ausstaffierung, in der ein nahrhaftes Gericht auf den Tisch kommt. Nun gibt es zwar eine Rohkost der Erfahrung – genau wie es eine Rohkost des Magens gibt – nämlich: Erfahrungen am eigenen Leibe. Aber die Kunst des Romans wie die Kochkunst beginnt erst jenseits des Rohprodukts. Und wieviel nahrhafte Substanzen gibt es, die im Rohzustand unbekömmlich sind! wie viele Erlebnisse, von denen zu lesen ratsam ist, nicht: sie zu haben. Sie schlagen manchem an, der zu Grunde ginge, wenn er ihnen in natura begegnete. Kurz, wenn es eine Muse des Romans gibt – die zehnte – so trägt sie die Embleme der Küchenfee. Sie erhebt die Welt aus dem Rohzustande, um ihr Eßbares herzustellen, um ihr ihren Geschmack abzugewinnen. Mag man beim Essen, wenn es sein muß, die Zeitung lesen. Aber niemals einen Roman. Das sind Obliegenheiten, die sich schlagen.

Kunst zu erzählen

Jeder Morgen unterrichtet uns über die Neuigkeiten des Erdkreises. Und doch sind wir an merkwürdigen Geschichten arm. Woher kommt das? Das kommt, weil keine Begebenheit uns mehr erreicht, die nicht schon mit Erklärungen durchsetzt ist. Mit anderen Worten: beinah nichts mehr, was geschieht, kommt der Erzählung, beinah alles der Information zugute. Es ist nämlich schon die halbe Kunst des Erzählens, eine Geschichte, indem man sie wiedergibt, von Erklärungen freizuhalten. Darin waren die Alten Meister; Herodot an der Spitze. Im vierzehnten Kapitel des dritten Buches seiner »Geschichten« findet sich die Erzählung von Psammenit. Als der Ägypterkönig Psammenit von dem Perserkönig Kambyses geschlagen und gefangen genommen worden war, sah Kambyses es darauf ab, den Gefangenen zu demütigen. Er gab Befehl, Psammenit an der Straße aufzustellen, durch die sich der persische Triumphzug bewegen sollte. Und weiter richtete er es so ein, daß der Gefangene seine Tochter als Dienstmagd, die mit dem Krug zum Brunnen ging, vorbeikommen sah. Wie alle Ägypter über dieses Schauspiel klagten und jammerten, stand Psammenit allein wortlos und unbeweglich, die Augen auf den Boden geheftet; und als er bald darauf seinen Sohn sah, der zur Hinrichtung im Zuge mitgeführt wurde, blieb er ebenfalls unbewegt. Als er danach aber einen von seinen Dienern, einen alten verarmten Mann, in den Reihen der Gefangenen erkannte, da schlug er mit den Fäusten an seinen Kopf und gab alle Zeichen der tiefsten Trauer. – Aus dieser Geschichte ist zu ersehen, wie es mit der wahren Erzählung bestellt ist. Die Information hat ihren Lohn mit dem Augenblick dahin, in dem sie neu war. Sie lebt nur in diesem Augenblick. Sie muß sich gänzlich an ihn ausliefern und ohne Zeit zu verlieren sich ihm erklären. Anders die Erzählung: sie verausgabt sich nicht. Sie bewahrt ihre Kraft gesammelt im Innern und ist nach langer Zeit der Entfaltung fähig. So ist Montaigne auf die vom Ägypterkönig zurückgekommen und hat sich gefragt: Warum klagt er erst beim Anblick des Dieners und nicht vorher? Montaigne antwortet darauf: »Da er von Trauer schon übervoll war, brauchte es nur den kleinsten Zuwachs, und sie brach ihre Dämme nieder.« So kann man die Geschichte verstehen. Sie hat aber auch für andere Erklärungen Raum. Jeder kann mit ihnen Bekanntschaft machen, der die Frage Montaignes einmal im Kreis seiner Freunde aufwarf. Einer der meinigen sagte zum Beispiel: »Den König rührt nicht das Schicksal der Königlichen; denn das ist sein eigenes.« Oder ein anderer: »Uns rührt auf der Bühne vieles, was uns im Leben nicht rührt; dieser Diener ist nur ein Schauspieler für den König.« Oder ein dritter: »Großer Schmerz staut sich und kommt erst mit der Entspannung zum Durchbruch. Der Anblick dieses Dieners war die Entspannung.« – »Wenn diese Geschichte sich heute ereignet hätte, meinte ein vierter, dann stünde in allen Blättern, Psammenit habe seinen Diener lieber als seine Kinder.« Sicher ist, daß jeder Reporter sie im Handumdrehen erklären würde. Herodot erklärt sie mit keinem Wort. Sein Bericht ist der trockenste. Darum ist diese Geschichte aus dem alten Ägypten nach Jahrtausenden noch imstande, Staunen und Nachdenken zu erregen. Sie ähnelt den Samenkörnern, die Jahrtausende lang luftdicht verschlossen in den Kammern der Pyramiden gelegen und ihre Keimkraft bis auf den heutigen Tag bewahrt haben.

Nach der Vollendung

Oft hat man sich die Entstehung der großen Werke im Bild der Geburt gedacht. Dieses Bild ist ein dialektisches; es umfaßt den Vorgang nach zwei Seiten. Die eine hat es mit der schöpferischen Empfängnis zu tun und betrifft im Genius das Weibliche. Dieses Weibliche erschöpft sich mit der Vollendung. Es setzt das Werk ins Leben, dann stirbt es ab. Was im Meister mit der vollendeten Schöpfung stirbt, ist dasjenige Teil an ihm, in dem sie empfangen wurde. Nun aber ist diese Vollendung des Werkes – und das führt auf die andere Seite des Vorgangs – nichts Totes. Sie ist nicht von außen erreichbar; Feilen und Bessern erzwingt sie nicht. Sie vollzieht sich im Innern des Werkes selbst. Und auch hier ist von einer Geburt die Rede. Die Schöpfung nämlich gebiert in ihrer Vollendung den Schöpfer neu. Nicht seiner Weiblichkeit nach, in der sie empfangen wurde, sondern an seinem männlichen Element. Beseligt überholt er die Natur: denn dieses Dasein, das er zum ersten Mal aus der dunklen Tiefe des Mutterschoßes empfing, wird er nun einem helleren Reiche zu danken haben. Nicht wo er geboren wurde, ist seine Heimat, sondern er kommt zur Welt, wo seine Heimat ist. Er ist der männliche Erstgeborene des Werkes, das er einstmals empfangen hatte.

Walter Benjamin
im Suhrkamp Verlag
Eine Auswahl

Gesammelte Schriften. Unter Mitwirkung von Theodor W. Adorno und Gershom Scholem herausgegeben von Rolf Tiedemann und Hermann Schweppenhäuser. Sieben Bände in 14 Teilbänden. stw 931-937. 7854 Seiten. Auch einzeln lieferbar

Supplement I. Kleinere Übersetzungen. Tristan Tzara, D'Annunzio, Aragon, Proust, Léon Bloy, Adrienne Monnier, Saint-John Perse, Balzac, Jouhandeau. Herausgegeben von Rolf Tiedemann. 457 Seiten. Leinen und kartoniert

Supplement II. Marcel Proust, Im Schatten der jungen Mädchen. Übersetzt von Walter Benjamin und Franz Hessel. Herausgegeben von Hella Tiedemann-Bartels. 535 Seiten. Leinen und kartoniert

Supplement III. Marcel Proust, Guermantes. Übersetzt von Walter Benjamin und Franz Hessel. Herausgegeben von Hella Tiedemann-Bartels. 596 Seiten. Leinen und kartoniert

Gesammelte Briefe, Band I-VI. Herausgegeben vom Theodor W. Adorno Archiv von Christoph Gödde und Henri Lonitz. 3583 Seiten. Leinen. Auch einzeln lieferbar

Theodor W. Adorno/Walter Benjamin. Briefwechsel 1928-1940. Herausgegeben von Henri Lonitz. 501 Seiten. Leinen

Walter Benjamin/Gershom Scholem. Briefwechsel 1933-1940. Hg. von Gershom Scholem. 382 Seiten

NF 102/1/5.19

Einzelausgaben

Angelus Novus. Ausgewählte Schriften. st 1512. 560 Seiten

Aura und Reflexion. Schriften zur Kunsttheorie und Ästhetik. Ausgewählt und mit einem Nachwort von Hartmut Böhme und Yvonne Ehrenspeck. stw 1843. 490 Seiten

Berliner Kindheit um neunzehnhundert. Mit einem Nachwort von Theodor W. Adorno. Fassung letzter Hand und Fragment aus früheren Fassungen. BS 966. 117 Seiten. st 3759. 116 Seiten

Berliner Kindheit um neunzehnhundert. Gießener Fassung. Hg. und mit einem Nachwort von Rolf Tiedemann. 132 Seiten

Charles Baudelaire. Ein Lyriker im Zeitalter des Hochkapitalismus. Zwei Fragmente. Herausgegeben und mit einem Nachwort von Rolf Tiedemann. stw 47. 214 Seiten

Einbahnstraße. BS 27. 126 Seiten

Erzählen. Schriften zur Theorie der Narration und zur literarischen Prosa. Ausgewählt und mit einem Nachwort von Alexander Honold. stw 1841. 349 Seiten

Illuminationen. Ausgewählte Schriften. Ausgewählt von Siegfried Unseld. st 345. 417 Seiten

Kairos. Schriften zur Philosophie. Ausgewählt und mit einem Nachwort von Ralf Konersmann. stw 1842. 355 Seiten

Das Kunstwerk im Zeitalter seiner technischen Reproduzierbarkeit. Drei Studien zur Kunstsoziologie. es 28. 156 Seiten

NF 102/2/5.19

Das Kunstwerk im Zeitalter seiner technischen Reproduzierbarkeit. Kommentar von Detlev Schöttker. stb 1. 254 Seiten

Medienästhetische Schriften. Mit einem Nachwort von Detlev Schöttker. stw 1601. 448 Seiten

Passagen. Schriften zur französischen Literatur. Ausgewählt und mit einem Nachwort von Gérard Raulet. stw 1839. 455 Seiten

Das Passagen-Werk. Zwei Bände. Herausgegeben von Rolf Tiedemann. es 1200 und stw 935. 1354 Seiten

Ursprung des deutschen Trauerspiels. Herausgegeben von Rolf Tiedemann. Revidierte Ausgabe. stw 225. 234 Seiten

Wahlverwandtschaften. Aufsätze und Reflexionen über deutschsprachige Literatur. Ausgewählt und mit einem Nachwort von Jan Philipp Reemtsma. stw 1840. 500 Seiten

Werke und Nachlaß.
Kritische Gesamtausgabe

Band 3: Der Begriff der Kunstkritik in der deutschen Romantik. Herausgegeben von Uwe Steiner. 398 Seiten. Halbleinen

Band 7: Charles Baudelaire, Tableaux Parisiens. Herausgegeben von Antonia Birnbaum und Michel Métayer. 511 Seiten. Halbleinen

Band 8: Einbahnstraße. Herausgegeben von Detlev Schöttker unter Mitarbeit von Steffen Haug. 610 Seiten. Halbleinen

NF 102/3/5.19

Band 9: Rundfunkarbeiten. Herausgegeben von Thomas Küpper und Anja Nowak in zwei Teilbänden. 1544 Seiten. Halbleinen

Band 10: Deutsche Menschen. Herausgegeben von Momme Brodersen. 542 Seiten. Halbleinen

Band 11: Berliner Chronik/Berliner Kindheit um neunzehnhundert. Herausgegeben von Burkhardt Lindner (†) und Nadine Werner in zwei Teilbänden. 1118 Seiten. Halbleinen

Band 13: Kritiken und Rezensionen. Herausgegeben von Heinrich Kaulen in zwei Teilbänden. 2000 Seiten. Halbleinen

Band 16: Das Kunstwerk im Zeitalter seiner technischen Reproduzierbarkeit. Herausgegeben von Burkhardt Lindner. 722 Seiten. Halbleinen

Band 19: Über den Begriff der Geschichte. Herausgegeben von Gérard Raulet. Mit vierfarbigen Faksimiles. 380 Seiten. Halbleinen

NF 102/4/5.19